无障碍阅读　精美插图　名师点评

【中国青少年必读名著】

欧也妮·葛朗台

［法］巴尔扎克　焦庆锋◎编

彩色美绘版

黄河出版传媒集团
宁夏人民出版社

图书在版编目 (CIP) 数据

　　欧也妮·葛朗台 / (法) 巴尔扎克著；焦庆锋编
. -- 银川：宁夏人民出版社, 2015.12
　　(中国青少年必读名著)
　　ISBN 978-7-227-06198-4

　　Ⅰ.①欧… Ⅱ.①巴… ②焦… Ⅲ.①长篇小说—法
国—近代 Ⅳ.① I565.44

中国版本图书馆 CIP 数据核字 (2015) 第 299111 号

中国青少年必读名著
欧也妮·葛朗台　　　　[法] 巴尔扎克　著　焦庆锋　编

责任编辑　贺飞雁
封面设计　焦庆锋
责任印制　肖　艳

黄河出版传媒集团
宁夏人民出版社　出版发行

地　　址　银川市北京东路 139 号出版大厦（750001）
网　　址　http://www.yrpubm.com
网上书店　http://www.hh-book.com
电子信箱　renminshe@yrpubm.com
邮购电话　0951-5052104
经　　销　全国新华书店
印刷装订　三河市恒彩印务有限公司
印刷委托书号　（宁）0001308

开　　本　640mm × 920mm　　1/16
印　　张　12
字　　数　120 千字
印　　数　6000 册
版　　次　2015 年 12 月第 1 版
印　　次　2015 年 12 月第 1 次印刷
书　　号　ISBN 978-7-227-06198-4/I · 1582

定　　价　19.80 元

　　世界名著是人类文化艺术发展道路上的丰碑，它以生生不息的思想力量、经久不衰的语言魅力深深打动着一代又一代的读者。对于青少年而言，大量阅读文学名著，是行之有效的阅读行为。文学名著凭借超拔的构思、动人的故事、隽永的语言，实现了文学大家对自然与人类社会不凡的理解和想象。沉浸其中，会让你成为一个对事物有通达理解的人，一个个性健康、感情充沛、志趣高尚的人。总而言之，读名著对你的智商与情商的提高都有莫大的好处。

　　为了系统地向广大青少年传递世界名著精华，我们精心组织编写了这套《中国青少年必读名著》。我们从浩瀚的知识海洋中，撷取精华，汇聚经典，将最受世界青少年青睐的作品奉献给大家。该系列丛书会给读者朋友们打开一扇心灵的窗户，让读者朋友们在知识的天地里遨游和畅想，为青少年朋友们搭建一架智慧的天梯，让我们在知识时空中探幽寻秘。本套丛书内容健康、有益，紧扣中学生语文课标，集经典性、知识性、实用性、趣味性于一体。我们精选的这些名著都是经历了历史与时间的检验，是公认为最具有杰出思想内涵或文学艺术品位的名著，是一份让广大青少年朋友品味人类知识精华的大餐。

　　由于编纂时间仓促，加之编者水平有限，编写过程中难免出现纰漏，还望广大读者批评指正。

阅读导航 →→→

第二章　巴黎的阔少

名家导读就像浩瀚海洋中的灯塔，引导你正确地思考，在阅读引领的指引下开始每章的旅程。

名家导读

夏尔葛朗台从城里来到葛朗台家，这使葛朗台感到很不愉快。他傲慢的态度让众人很不喜欢，接下来大家会用怎样的态度对待他呢？

延伸思考

伴随着故事情节的发展，针对一些关键性的情节展开疑问，加深读者对作品的印象。

【概括描写】看到衣装革履整齐干净的夏尔·葛朗台，众人心里很不平衡，于是一致对他百般挑剔。

夏尔·葛朗台先生是位二十二岁的英俊青年，站在外省这些芸芸众生之间，特别引人注目。他那副城里人的傲慢态度，大家一看心中就有气，于是在场的人对他的一切都横加挑剔，想以此讪笑①他一番。其中的缘由需要说明一下。

【详细描写】夏尔带着各种颜色的背心、领带和衣服，甚至全部的首饰来到了葛朗台家，充分的显摆着自己的阔绰。

那天晚上的前几天，他父亲吩咐他到住在索姆的伯父家小住几月。兴许是因为巴黎的葛朗台先生在打欧也妮的主意？初次来到外省的夏尔，想显显自己是个时髦青年，摆摆阔气，所以带来了全部最漂亮的背心：灰的、白的、黑的、黄的、金钮扣的，还有全部领带、好几套服装和最讲究的内衣；此外，还有全部首饰，连母亲送给他的那套纯金的梳妆用具也随身带来了。

① 讥笑。

22

缤缍，正如欧也妮有生以来第一次梦见爱情。

在少女们纯洁而单调的生活中，必有一个美妙的时刻，阳光会铺满她们的心田，花朵会向她们诉说种种想法，心的跳动会把热烈的生机传递到她们的脑海，将意念化作一种隐约的欲望；那是忧喜兼备的境界，忧而无邪，甜美快乐！孩子们见到周围的世界，就开始微笑；少女在大自然中发现朦胧的感情，也像孩子一样开始微笑。如果说光明是人生初恋的对象，恋爱不就是心灵的光明吗？欧也妮也总算到了能看清尘世万物的时候了。

名|家|点|评

夏尔在葛朗台的安置下，住在了葛朗台卧室的上面，但是夏尔看到现实和自己的想象有着巨大的差别，对自己的住处非常的不满。可是夏尔的到来却使欧也妮的心里充满了阳光。

拓展训练

1、葛朗台把夏尔的卧室安排在了什么地方？

2、欧也妮对夏尔的态度是怎样的？

3、娜农喜欢这位新来的夏尔先生吗？

延伸思考

【反问修辞】用"恋爱不就是心灵的光明吗？"这个句子，来突出恋爱在人的生命和精神上占着重要的位置。

名家点评

每节故事后，都有名师对这节关键内容进行剖析，对精彩内容进行点评，让读者产生共鸣。

拓展训练

读过每一章的故事之后，我们不妨在思维拓展的问答题之下回味这一章精彩的瞬间。

阅读导航

目录
MULU

第一章　小城大人物的面目

名家导读

　　人们通常所说的大人物，是指在某个方面比较重要，能够引起很多同类人特别重视而且比较受仰慕的人，也就是焦点人物。那么在我们即将看到的这个故事里，这个大人物会是谁呢？

　　在外省的某些城市里，有一些房子，看上去给人一种凄凉的感觉。

　　在索姆城里的一条街上，就有类似这样的一所住宅。那条街很窄，直达城市高处的古堡，现在很少有人往来，夏天热，冬天冷，有些地方阴暗得很。街面是石子铺成的，走在上面就发出咯咯的脚步声，一年到头既干净又干燥。两旁的房子都是木结构的，又高又挤。房子外观挺漂亮，四周很幽静。

　　这条街上的房子底层全是做买卖用的，可既不是小铺又不是商店，仅仅是简陋的店堂，又低又深又阴暗，堂门朝街开着，里外都见不到任何装饰。

　　店堂进门的地方有一垛小矮墙，是摆货用的。根据买

延伸思考

【正面描写】这几句话正面描写了街道，突出了街道的干净整洁。同时介绍了两旁房子的结构和外观。

延伸思考

【比较说明】通过作比较，突出了这条街上房子的特点：简陋、又低又深又阴暗。

卖的性质，有的摆着两三桶盐和鱼，有的摆着几捆帆布、绳子、铁器或几匹布。

你要进去，马上就可看见一个年轻漂亮、穿得干干净净的姑娘，手臂红红的，穿着一件白色的上衣，随即放下手中的毛线活，叫唤她的父亲或母亲来招呼你，卖给你两个铜子或两万法郎的货物。

你也可以看见一个卖酒桶木材的商人，两只大拇指绕来绕去，坐在门口跟邻居闲聊。从表面上看，他仿佛只有些质量很次、供做酒瓶架用的木板，而实际上，昂热地区所有制桶匠用的木板都是在他开在码头上那个木材场买的。如果葡萄收成好，能卖出多少做桶的木板，他心里算得清清楚楚，出入不会超出一两块板子。

买进多少，卖出多少，能赚多少，一切都是预先计算好的。所以，大部分时间，那些做买卖的人都在那儿嘻嘻哈哈地扎堆聊天，说短道长，东张西望，刺探别人的私事。某家主妇买回一只鸡，邻居们就纷纷前来问她丈夫，鸡煮得烂不烂。如果有位年轻姑娘从窗口探出头来，那些无所事事、扎堆聊天的闲人们肯定都能看见。

因此，这些又暗又静的房子，什么秘密也藏不住。大家几乎成天都在露天过活：夫妇们成双成对地坐在门口，在那里吃午饭、吃晚饭、争争吵吵的。只要街上有人走过，总免不得被他们指指点点、品头论足一番。

早先本地的贵族都住在这条街上，街的上坡全是古城里漂亮的老宅。下面这个故事中所说的各种事情，就发生在这些老宅中的一所幽静、凄凉的屋中。街上有一个凹进去的地方，葛朗台先生府上的大门就在这凹进去的过道里。

葛朗台先生，有些人还称他葛朗台老头，是个做桶的。他生活相当富裕，识文断字，能写会算。当一七八九年法兰西共和国在索姆城里标卖教会^①产业的时候，他正好四十岁，刚娶了一个很有钱的木板商的女儿做老婆。他带上自己的全部财产，即两千金币，去找那位霸道凶狠、负责标卖^②教会财产的共和党人，给了他个人二百金币，就从他手里廉价地买下了省里最上等的葡萄园、一座古色古香的大宅和几个田庄。

索姆的市民很少懂得革命，在他们眼里，葛朗台老头是个满脑子新思想的共和党人。而实际上，这个做桶的匠人，朝思暮想的就是买进葡萄园。他被任命为索姆市的行政委员。从此，他每年为共和军供应一两千桶白酒，代价是把最富饶的牧场弄到了手。

一八零零年，葛朗台老头当上了市长，把地方上的事应付得很好，当然他自己的葡萄收成则更好。一八零四年，他下了台，成了葛朗台"先生"，但他并不为此感到惋惜，因为在他任内，为了本城的利益，已经修了几条出色的公路，而且条条都通他的产业。他的房产和地产税交得很少。他的那些葡萄园，经他精心管理，已成了本地最出色的葡萄园，而且能供应最上等的好酒。

---

① 天主教、东正教、新教等教派的信徒的组织。

② 用投标方式出卖，也指标明价目，公开出卖。

延伸思考

【人物介绍】
对文章的主人公葛朗台先生作了概括，反映了他是一个有文化、聪明而且生活比较富裕的人。

延伸思考

【对比手法】
市民眼中的葛朗台和他本人的本质，有着巨大的区别，也暗示葛朗台有着商人所独有的狡猾。

一八零六年，葛朗台先生五十七岁，他妻子三十六岁，他们的独养女儿才十岁。这一年，葛朗台先生家接连死了三个人，先是葛朗台妻子的母亲德·拉贝尔·泰利埃尔太太，接着是太太的外公，最后是他自己的外婆。这三位老人虽说都爱钱如命，但他们的遗产①最后都落到了葛朗台先生的腰包里，究竟多少谁也说不出个准数，只知道数目相当可观。

延伸思考
【数字说明】通过具体的数字，体现出葛朗台家产非常多，是个非常富有的人，为后文突出葛朗台的吝啬打下了基础。

葛朗台先生经营的葡萄园有四十二公顷，如果收成好，可产酒七八百桶。此外，他还有十三处田庄、一座古色古香的老宅（为了节约，他把底层的窗户全部堵死）、一百二十七公顷草地和一七九三年种的三千株白杨树，他住的房子也是他自己的。这些仅仅是大家看得见的家产。

至于他的财产究竟有多少，只有两个人才知道个大概：一个是公证人②克吕肖先生，替他放债③的；另一个是索姆城里最有钱的银行家德·格拉森先生。葛朗台先生经常暗中与他合作，分点好处。在索姆城里，大家都说葛朗台先生宅里藏有几千金币，所以他在街上走过时，人人都是又仰慕、又敬重、又害怕。

延伸思考
【侧面描写】通过人们对葛朗台家产的猜测，以及人们对他的敬畏，从侧面体现了葛朗台在人们心目中的地位很高。

偌大的一份家产把这个巨贾的行为都镀上了金。如果说，过去他的某些行为常常被人视为笑柄的话，那么，现在的人们对这些荒唐的举动却都视而不见、听而不闻了。

---

① 死者留下的财产，包括财物、债权等。
② 办理公证事务的人员。职责是受理、承办公证事项，草拟、出具公证文书，并在公证书上署名。
③ 借钱给人收取利息。

他的说话、衣着、一举一动、眼神一闪都成了当地的金科玉律①，哪怕一个微不足道的小动作，大家也都认为其中必有深造而不可言传的奥秘。比如，有人说：

"今年冬天一定很冷，因为葛朗台老头都戴上皮手套啦，咱们还是快收摘葡萄吧。"

"葛朗台老头买了许多桶板：那今年的酒一定少不了。"

葛朗台先生从来不买肉，也不买面包。每个星期，那些佃户②们都会给他送来足够的食物，比如：子鸡啦、小鸡啦、鸡蛋啦、牛油啦、蔬菜、水果、麦子和面粉啦，真是应有尽有。他家唯一的一个老妈子，个子高高的，叫娜农，虽说已上了年纪，每星期六还得亲自动手，将家里人一周吃的面包全做出来。烧火用的木柴是从他自家田边砍的，由佃户们一段段给他砍好送到城里来，而且堆得整整齐齐的，除了讨得几声谢之外，他们连一分钱也拿不到。他新近买了六百公顷的一片树林，托一个邻居照顾，答应给他些许津贴。自从他买下了这片林子以后，他就吃上了野味。

这位先生动作非常简单，说话很少，发表意见时句子很短，声音细软。大革命以后，大家以为他耳朵聋了，说起话来断断续续，让人听了很吃力。一要商量什么事情，更是结结巴巴的，搞得人丈二和尚摸不着头脑。这一切全

【延伸思考】
【举例子说明】通过举例子说明葛朗台虽然很富裕，但是生活过的却很节约勤俭。

【延伸思考】
【侧面描写】通过佃户们辛苦的送木柴到城里，他们却拿不到一分钱这件事情，突出了葛朗台非常的吝啬。

———————

① 比喻不能变更的信条或法律条文。
② 租种某地主土地的农民称为某地主的佃户。

都是他假装出来的。凡是遇到生活上和生意上的难题需要解决时，他就搬出四句口诀——"我不知道，我不能够，我不愿意，慢慢瞧吧。"他从不说声是或不是，也从不把字据落在白纸上。

无论遇到什么事，他都得盘算半天。他从不到人家里去，也不请人来家里。他不吃人家，也不请人吃。不管走路做事，他都不声不响，似乎什么都讲节省，包括动作在内。

就体格而言，他身高一米七，骨架和大腿都很粗，肩膀宽厚。头发黄黄的，而且已灰白，有些年轻人不知轻重，竟然开他玩笑，说他头发是"黄金里掺着白银"。他的鼻尖肥大，顶着一颗仿佛有时会动的肉瘤。这副脸相一看就知道他是个一心想着捞钱的家伙，他关心的唯一的人是他所爱的女儿欧也妮，也就是他全部财产的唯一继承人。

城里的居民有资格在他家出入的只有六个。前三个中最重要的是克吕肖先生的侄子。自从当了索姆初级裁判所所长之后，这位年轻人在本姓克吕肖之上又加了一个蓬丰的姓氏，而且极力想让人都忘记他曾姓过克吕肖。他已经把自己的签名改为克·德·蓬丰。如果有什么冒失的律师①仍旧称他"克吕肖先生"，包管在出庭的时候，就要后悔自己糊涂。凡是称他"所长先生"的，就肯定能得到法官的庇护，对于称他"德·蓬丰先生"的人，他更是百般保

---

① 受当事人委托或法院指定，依法协助当事人进行诉讼，出庭辩护，以及处理有关法律事务的专业人员。

延伸思考

【数字说明】
通过具体的数字
说明所长先生
虽然年轻，才
三十三岁，但是
却拥有很多的财
产，十分富有。

护。所长先生现年三十三岁，有一处名叫蓬丰的田庄，每年有三万五千法郎进款。此外，他还是他两个叔父的财产继承人，一个是公证人克吕肖，另一个是克吕肖神甫，听说两人都相当有钱。这三个克吕肖房族、亲戚很多，结成了一个颇具势力的团伙。

德·格拉森太太有一个二十三岁的儿子，她经常来陪葛朗台太太打牌，希望自己的儿子、亲爱的阿道尔夫能与欧也妮小姐结婚。银行家德·格拉森全力支持自己的太太，不断暗中帮助这个爱钱如命的老头。这三位德·格拉森也有自己的一伙帮手、房族和忠实的盟友。

克吕肖和德·格拉森两家为争夺欧也妮小姐而进行的暗斗，吸引了索姆城里居民的极大兴趣。葛朗台小姐将来究竟嫁给谁呢？所长先生还是德·格拉森先生？

延伸思考

【侧面描写】
通过地方上老一
辈人对葛朗台的
看法，说明葛朗
台为人吝啬，而
且很精明。

据地方上熟知内幕的老辈看法，葛朗台一家子都非常精明，绝不会将家产落在外姓人手里。索姆的葛朗台在巴黎还有个兄弟，是个非常有钱的葡萄酒批发商，欧也妮·葛朗台肯定会嫁给巴黎葛朗台的儿子。对这种说法，克吕肖和德·格拉森两家的党羽①都表示异议，根据是葛朗台兄弟俩三十年来只见过两次面。

一八一八年年初，有一桩事使克吕肖派明显地占了上风。弗罗阿丰家的田产素以美丽的园亭、别墅、庄园、河流、池塘、树林而著名，价值三百万法郎。年轻的弗罗阿

---

① 指某个派别或集团首领下面的追随者（含贬义）。

丰侯爵①因急需钱用，想把这所产业卖出去。克吕肖公证人、克吕肖所长、克吕肖神甫，加上他们各自的党羽，不断游说，竟然使侯爵决心将它卖给了葛朗台先生。

这件新闻一直传到了南特和奥尔良。葛朗台先生让自己的一个佃户领着去视察买下的别墅，以主人的身份对产业瞥了一眼，信心十足地回到索姆，认为这次投资非常值得。为了把差不多出空了的金库重新填满，他决定把自己的树木、森林统统砍掉，连一七九三年种的白杨树也一起卖掉。

"葛朗台先生的府邸"这个美称，现在大家该明白它的分量了吧。那是一座灰暗、阴森、寂静的屋子，坐落在索姆城的上首。

大门的中央开有一个四方的小洞，装了铁栅，旁边吊着一个敲门用的铁锤。喜欢东张西望的人，可以从小铁栅洞里窥见有个阴暗的过道，过道后面有几级通往花园的梯级，花园周围是一道潮湿的厚墙。

在房屋的底层，最主要的房间是那间进大门后穿过一个小过道就碰到的堂屋。卢瓦尔河两岸的小城市里，堂屋非常重要，这一点恐怕很少有人知道。它既是客厅又是饭厅，凡是外来的要见主人，都得在此等候。它是日常生活的大舞台，本区的理发匠、给葛朗台先生一年理两次发在这间屋里，佣户、教士、挑夫进进出出也在这间屋里。

堂屋有两扇临街的窗。除了地板，室内的一切全是灰

----

① 欧洲的爵位名。位在公爵和伯爵之间。

【正面描写】葛朗台购买了别墅，并且对自己这次投资非常满意，他能够这样投资，说明他头脑非常灵活，这为他的财产越来越多打下了坚实的基础。

【解释说明】既是客厅又是饭厅，还是日常生活的大舞台，突出了堂屋的重要性。

颜色的，包括墙和天花板。壁炉①架是白石砌的，上面摆着一座旧钟，钟面玻璃已有些发绿。两扇窗上挂着曾经是非常漂亮的窗帘，是买进这座房子里原有的。

门附近的那扇窗前有一把椅子，椅座上放着一个厚厚的草垫，使葛朗台太太坐着可以望见街上的行人。旁边的那张小靠椅是给欧也妮·葛朗台小姐坐的。十五年来，从每年的四月到十一月，母女俩就坐在这个位置上消磨日子，手里不停地干着针线活。只有到了十一月一日，她们才把位置搬到壁炉旁边去过冬，因为只有到这一天，葛朗台先生才允许在屋里生火。但是，到三月三十一日必须灭火，不管早春秋末外面有多么冷。

晚上，点灯的时间很晚，而且一吃完晚饭马上就熄灯。因为点的蜡灯是吝啬鬼亲自分发给女儿和娜农的，连每天的面包和食物也都由他亲自分发。

索姆城里人人都羡慕葛朗台夫妇有这样一个老妈子。她身高一米八五，所以大家都叫她长脚娜农，在葛朗台家已干了三十五年。虽说她每月的工钱只有六十法郎，但是大家都认为她是索姆城里最有钱的女仆了。人人都羡慕她，因为一个月六十法郎，积了三十五年，竟然在公证人克吕肖那儿存了二万法郎了。

长脚娜农什么都干：做饭、擦玻璃，到卢瓦尔河去洗衣服，洗完后用肩膀扛起来。她天一亮就起来，深夜才睡觉，收获季节，短工们的饭食都由她一人包办。她监视他

---

① 就着烟囱砌成的生火取暖的设备。

们，像一条忠心耿耿的狗那样保护着主人的一草一木。总之，她对主人信任得五体投地，唯命是从。

一八一一年，收获季节特别辛苦，葛朗台终于狠狠心赏给她一只旧表，那是她几十年来拿到的唯一礼物。当然，他穿旧了的鞋（她正好穿得上）也都是赏给她的，但这些鞋已穿得破烂不堪，根本无法称作礼物了。

可怜的姑娘因为一无所有，所以变得吝啬不堪，终于使葛朗台像喜欢一条狗一样地喜欢上她。如果主人把面包片切得比纸还薄，她都不带抱怨的。她与这家人家已不分彼此，葛朗台笑，她也笑；葛朗台发愁、挨冻、取暖、工作，她也跟着发愁、挨冻、取暖、工作。她在树底下拣杏啦、桃啦以及野果等等来吃，主人也从不责怪。在丰收的年份，当树上的水果多得压弯了树枝，佃户们不得不把水果拿去喂猪的时候，葛朗台就会对她说："吃吧，吃吧，娜农。"

对这个从小受尽虐待的乡下女人来说，葛朗台的笑无疑是一道金色的阳光。三十五年来，她始终记得自己赤着双脚来到葛朗台家，制桶匠亲切地对她说："你想要什么，好孩子？"

索姆城里有许多家都雇有佣人。主人对佣人都非常好，工钱也多，吃得也好，可佣人们对主人仍然不满意。他们都很不理解，心想："葛朗台一家对长脚娜农是怎么搞的，使她能这样忠心耿耿。为了主人，她连火坑都敢去跳！"

【侧面描写】将破烂不堪的鞋子作为打赏，几十年只拿到一块旧表作为礼物，突出了葛朗台的极度吝啬，小气。

【心理描写】通过写索姆城里其他的佣人的看法，突出了长脚娜农对主人的恭敬，尽心尽力，任劳任怨。

她的厨房一年到头总是干干净净、冷冰冰的，一点不假是间守财奴的灶屋，没有一点儿糟蹋的东西。晚上她洗过碗盏、收完剩菜剩饭、熄了灶火，就离开厨房来到堂屋，坐在女主人身边缝缝补补。这样，一个晚上全家人只消点一支蜡烛就够了。

老妈子睡在厨房旁边过道尽头的一间小房间里。与其说是房间，还不如说是个墙洞。她身体硬朗得像块铁板，长年累月住在这样的洞里，竟然毫无影响。躺在洞里，她可以听得见日夜都鸦雀无声的屋子里的任何响动。像一条看门狗似的，她竖着耳朵睡觉，一边守夜一边休息。

一八一九年，秋季的天气特别好。十一月中旬的某天傍晚，娜农第一次在屋里生上火。这一天是克吕肖和格拉森两家都记得清清楚楚的节日。因此，两家人家的六位人马都全副武装，准备到葛朗台家的堂屋来较量较量，比一比究竟谁家对葛朗台家更亲热。这天早上，索姆城里大家都看见葛朗台夫人和葛朗台小姐到教堂①去做弥撒②，于是想起原来这天是欧也妮小姐的生日。克吕肖公证人、克吕肖神甫和克·德·蓬丰先生算准了葛朗台家该吃完晚饭的时候，急急忙忙赶来，抢在德·格拉森一家之前向葛朗台小姐拜寿。三个人都捧着大束鲜花。所长那束，花梗上还包着金银两色的纸。

每逢欧也妮过生日和节日，葛朗台先生照例要送她礼

① 基督教徒举行宗教仪式的场所。
② 天主教的一种宗教仪式，常用面饼和葡萄酒表示耶稣的身体和血来祭祀天主。

物，十三年来老规矩：一枚金币。葛朗台太太则根据季节送她一件夏天或冬天穿的连衣裙。到目前为止，欧也妮已积攒了上百块金币，葛朗台最喜欢时不时地让她拿出来给自己看。虽说钱现在装在女儿口袋里，可这不是与装在自己口袋里一样的吗？何况，装在她口袋里，不是还可以培养她爱钱的习惯吗？这次，他在给女儿金币时，加上了一句："这都是将来出嫁时的压箱钱呀。"欧也妮和她母亲听了都面面相觑。

正说到这儿，克吕肖一家三人来敲门了。他们向欧也妮献上花束，坐下开始聊天。

克吕肖神甫矮小肥胖，浑身是肉，脸孔像个爱开玩笑的老太婆，脚上穿一双结实的鞋子。他将脚往前一伸，问道：

"德·格拉森他们没有来吗？"

"还没有。"葛朗台回答说。

"他们会来吗？"老公证人问。

"我想会来的。"葛朗台太太说。

"府上的葡萄收完了吗？"蓬丰所长问葛朗台。

"全部收完！"老葛朗台说，随即站起身在屋里踱来踱去，"一颗不剩！"

"府上的收成脱手没有？"

"没有。老实说，我不想卖。现在的酒固然好，可两年过后，它就更好了。"

"你知道，地主们发誓要坚持他们公议的价格。那

【反问修辞】这里连续用了两个反问句，写出了葛朗台的心里对钱财的喜爱程度非常大，已经偏离了正常人的范畴。

延伸思考
【语言描写】酒很好卖，但是却不想现在就卖出去，而是想留到两年以后，说明老葛朗台非常具有经济头脑，能够使产品获得更多的利润。

14

些比利时人今年休想占便宜！他们这次不买，下次还要来的！"

"不过，咱们一定要齐心，一口咬定绝不降价！"葛朗台说，其语调斩钉截铁，所长听了不觉打了个寒战。

"他会不会正在暗中想法脱手呢？"克吕肖心里想。

这时大门上的锤子响了一下，说明德·格拉森一家人来了。于是，葛朗台太太与神甫已开始的谈话，只得搁过一边。

德·格拉森太太是那种矮个活泼的女人，身材肥胖，皮肤白里泛红，虽说已经四十岁了，因保养有方，所以显得还很年轻。这等女人仿佛秋末最后的几朵玫瑰，外表看了尚讨人喜欢，但香气已很淡薄。她穿着相当考究，行装都从巴黎①买来，而且经常举行晚会接待四方宾客。她丈夫过去在战争中受过伤，对葛朗台虽说很尊敬，但说起话来仍然像个旧军人那样无拘无束。他边拉着葡萄园主的手边说：

"你好，葛朗台。"

他讲话时那副居高临下、趾高气扬的架势，主要是用以压倒克吕肖一家的。

向葛朗台太太行过礼后，他又对欧也妮说："小姐，你总是这么美，这么贤惠，简直不知道说什么祝贺你才好。"

德·格拉森太太非常亲热地拥抱了欧也妮，握着她的手说：

---

① 法国首都和政治、经济、文化及交通中心，世界特大城市之一。

"我给你带来一件小小的礼物，让阿道尔夫代献吧。"

这时，只见一个头发金黄、个子高大、脸色苍白、身体孱弱、举止文雅、外表腼腆的青年，走到欧也妮的面前，亲了亲她的双颊，向她献上一只外表极为普通、做工非常精巧的针线匣子。欧也妮揭开一看，立即喜形于色，感到一种使少女脸红、高兴得发抖的喜悦。她转脸望着父亲，似乎在问他可不可以接受。

"收下吧，我的孩子。"葛朗台说。

看到葛朗台老头的唯一继承人用喜悦的眼睛望着阿道尔夫，三位克吕肖无不感到痛苦。

德·格拉森先生掏出鼻烟壶，让了一下主人，自己闻了一下，抖干净掉在衣服上的烟末，然后转头望了望三位克吕肖，那神气仿佛在说：

"你们也露一手呀！"

德·格拉森太太装做寻找克吕肖他们的礼物，往蓝色花瓶里瞥了一眼。在这番微妙的暗斗中，克吕肖神甫却丢下围坐在壁炉旁的其他人，径自与葛朗台走到堂屋深处去了。两个老头站在离德·格拉森一家最远的窗前，神甫咬着守财奴的耳朵说：

"这些人简直将钱往窗外扔。"

"那有什么关系，反正是扔到我的口袋里！"葡萄园主回答说。

克吕肖所长那猪肝色的脸本来就不体面，再加上乱蓬蓬的头发，越显难看。神甫望着他，心里在想：

"这位老侄真是个傻瓜，连一件既不值钱又讨人喜欢的小礼物都想不出来！"

这时，德·格拉森太太嚷道：

"咱们陪你玩一会儿牌吧，葛朗台太太。"

老箍桶匠自己是什么游戏都从不参加的，他对娜农说：

"来，快摆桌子。"

"我来帮你摆，娜农。"德·格拉森太太高兴地说，因为她讨得了欧也妮的欢心，快活得不得了。只听那位独养女儿对她说：

"我一辈子都没有这么快活过，我从没有见过这么漂亮的东西。"

德·格拉森太太便咬着耳朵对她说：

"这是阿道尔夫从巴黎捎来的，还是他亲自挑的呢。"

"好，好！你去灌迷汤吧！"所长心里想，"以后你家要有什么官司落到我手里，不管是你的还是你丈夫的，哼，看你们有好果子吃。"

公证人坐在一旁，神色泰然地望着神甫，想着：

"让他们去为所欲为吧。我的财产，我兄弟的，侄子的，合在一起有一百一十万法郎。德·格拉森最多也不过抵得一半，何况他们还有个女儿要嫁！好吧，他们要送礼就送礼吧！终有一天，欧也妮连人带物都会统统落到我们的手中。"

徐娘半老的德·格拉森太太居然能够将儿子安排在欧也妮身边。这聚精会神的一幕戏，表面上虽说平平淡淡，并不复杂，但骨子里却充满利害矛盾。所有的演员似乎都在听公证人开玩笑，其实心中琢磨的却是葛朗台先生的几百万家私。

老箍桶匠踌躇满志地把德·格拉森太太那身鲜艳的打扮、老军人银行家、阿道尔夫、所长、神甫、商人的脑

延伸思考

【语言描写】用"一辈子都没有这么快活"突出了欧也妮心情非常开心，处于高度兴奋之中。

延伸思考

【心理描写】看到阿道尔夫在献殷勤，抢了自己的风头，所长心里愤愤不平，心里琢磨着逮住机会就会给他好看。

延伸思考

【心理描写】看到大家对他的女儿献媚，葛朗台并没有被冲昏头脑，他觉得这些人其实都是自己可利用的工具。

延伸思考

【反问修辞】通过反问句式，说明这种阿谀奉承，为了某种目的而做出各种违心之举的事情到处可见。

袋，一一扫视一遍，心中暗自想道：

"他们都看中我的钱，为了我女儿才到这儿来受罪的！哼！我的女儿，他们哪家也别想得到！这些人哪，都是我钓鱼的渔具！"

在这间灰色的旧客厅里，黑乎乎的只点着两支蜡烛，居然也有家庭的欢乐！这满屋的笑声实际上是在葛朗台监视下在一旁纺线的长脚娜农摇纺车声的伴奏。但是，只有欧也妮和她母亲的笑才是发自内心的真笑。别看这些人物心胸狭窄，可一个个都贪得无厌。这位年幼无知的姑娘受尽奉承，像傻瓜一样还以为他们的友谊都是真情实意。这些所谓的家庭欢乐、居心叵测的笑声、纺车声……使这幕戏成了令人悲酸的喜剧。

不过，这样的戏古往今来不是到处可见吗？葛朗台利用这两家人的虚情假意，从中谋取暴利。人间的温情在此只能感动娜农、欧也妮和母亲这三颗纯洁的心。因为这三个人对许多事情都一无所知！葛朗台究竟有多少财富，母女俩毫不知情。她们已过惯了无钱的生活，所以并不懂得钱的重要价值。她们俩的感情和默默无闻的淡泊生活，在这些惟利是图的人中间，使她们成了与世隔绝的怪人。人的处境就是这么可悲，没有一桩幸福不是靠糊涂得来的。

葛朗台太太赢了十六个铜子，长脚娜农看见太太得了这么多钱，高兴得直笑。正在这个时候，大门上突然砰的一声，锤子敲得这么响，把太太们吓得从椅子上直跳起来。

"这种敲门的派头绝不是本地人干的。"公证人克吕肖说。

"哪个混账东西？"葛朗台叫道。

娜农在两支蜡烛中拿了一支去开门，葛朗台在后跟着她。

"小姐，"阿道尔夫对坐在身旁的欧也妮说，"估计是你的堂兄弟葛朗台，一个挺漂亮的小伙子，我在纽辛根先生家见到过他。"

阿道尔夫没有说下去，因为他母亲在他脚上踩了一下，嘴上还让他继续玩牌，却咬着他的耳朵说：

"别多嘴，你这个傻瓜！"

这时，葛朗台陪着客人回来了，但未见娜农。葛朗台冲着客人说：

"到壁炉边坐吧！"

年轻的陌生人就坐之前，对屋里的人客客气气地欠了欠身。男客都起身还礼，太太们则冲他笑着点了点头。

"你冷吧，先生？"葛朗台太太说，"你大概是从……？"

葛朗台正拿着信在念，马上停下来截住了太太的话：

"真是婆婆嘴，别唠叨了，让这位先生先歇歇吧。"

"可是，父亲，兴许先生需要点什么呢。"欧也妮说。

"他嘴里长着舌头呢。"老头儿严厉地回答说。

其余的人都已看惯了这家伙的霸道，只有这个陌生人对这种说话方式深感奇怪。他不禁站起身来，背对着壁炉，提起一只脚烘烤靴底，一面对欧也妮说："堂姐，谢谢你，我在图尔吃过晚饭了。"

她说完又望着葛朗台说：

"我什么也不需要。而且一点儿也不觉得累。"

"先生是从首都来的吧？"德·格拉森太太问道。

【动作描写】
刚到的年轻陌生人和屋里的男客、女客们相互打了招呼，从表面上看去，人们都是彬彬有礼的。

延伸思考
【语言描写】
面对女儿欧也妮说的话，葛朗台严厉地打断了她，暗示他对刚到的这个陌生人非常不喜欢，甚至是有一些厌恶。

夏尔（这是住在巴黎那位葛朗台先生的儿子的名字）先生听见有人问他，便拿起挂在脖子下的长柄眼镜，仔细瞧了瞧桌上的东西和坐在桌旁的人物，顺便还瞧了德·格拉森太太一眼。等他把一切都打量清楚以后，才回答说：

"是的，太太。"

接着又补充说：

"请大家继续玩吧，多有意思，怎么能停下呢！……"

"我早知道他就是那个堂兄弟，"德·格拉森太太想。

德·格拉森太太心中有些忐忑不安，一会儿望望巴黎来的堂兄弟，一会儿望望欧也妮，连玩牌都忘了，于是她丈夫只得替太太出牌。年轻的独养女时不时对堂兄弟瞟上几眼，银行家的太太不难发现她目光中流露出越来越惊讶、越来越好奇的神色。

名|家|点|评

葛朗台善于经营，他所拥有的财产越来越多，追求他女儿欧也妮的人也有好几个，但是葛朗台看清了追求者的本质，并不想真的将女儿嫁给他们中的一个，夏尔的到来让大家感到很惊讶。

1. 葛朗台的女儿叫什么名字？

2. 葛朗台家的女佣是谁？她在葛朗台家工作了多长时间了呢？

3. 你能说出欧也妮的追求者都有谁吗？

延伸思考

【动作描写】拿起眼镜、仔细地瞧着人和物，突出了夏尔先生不慌不忙、稳妥的性格。

延伸思考

【神态描写】德·格拉森太太不停地看向欧也妮和巴黎来的堂兄弟，突出了她心里的不安。

第二章　巴黎的阔少

名家导读

　　夏尔葛朗台从城里来到葛朗台家，这使葛朗台感到很不愉快。他傲慢的态度让众人很不喜欢，接下来大家会用怎样的态度对待他呢？

　　夏尔·葛朗台先生是位二十二岁的英俊青年，站在外省这些芸芸众生之间，特别引人注目。他那副城里人的傲慢态度，大家一看心中就有气，于是在场的人对他的一切都横加挑剔，想以此讪笑①他一番。其中的缘由需要说明一下。

　　那天晚上的前几天，他父亲吩咐他到住在索姆的伯父家小住几月。兴许是因为巴黎的葛朗台先生在打欧也妮的主意？初次来到外省的夏尔，想显显自己是个时髦青年，摆摆阔气，所以带来了全部最漂亮的背心：灰的、白的、黑的、黄的、金钮扣的，还有全部领带、好几套服装和最讲究的内衣；此外，还有全部首饰，连母亲送给他的那套纯金的梳妆用具也随身带来了。

延伸思考
【概括描写】看到衣装革履整齐干净的夏尔·葛朗台，众人心里很不平衡，于是一致对他百般挑剔。

延伸思考
【详细描写】夏尔带着各种颜色的背心，领带和衣服，甚至全部的首饰来到了葛朗台家，充分的显摆着自己的阔绰。

———————————
① 讥笑。

夏尔准备在伯父家里碰到上百客人，想到森林里去围猎，过一下城堡生活……初次在伯父家露面非得体体面面不可，所以他选了最漂亮的旅行装束，利用在图尔停留期间，让理发匠重新烫了一下他那美丽的栗色头发。上上下下的内衣也都换过，外面还穿上一件白背心。

现在，请大家想象一下克吕肖一家的打扮。三个人都吸鼻烟，衬衫都变黄了，领带软绵绵的，往脖子上一系就缩得像根绳子。他们的内衣、衬衫倒不少，可惜一年只洗两次，况且成年累月地压在衣柜的柜底下，颜色都变灰了。由于穿得邋邋遢遢的，看上去显得很老，面色憔悴，一如身上破旧的裤子。他们也从来不想在别人面前要穿得整齐体面些。

他们尽可以从从容容地打量夏尔，不用怕得罪主人。葛朗台在全神贯注地忙着看夏尔给他捎来的那封长信。为了看得更真切，他拿走了牌桌上唯一的那支蜡烛，既不顾客人，也不顾他们的兴致。

欧也妮从未见过像堂兄弟这样打扮得如此华丽的人，以为他是什么杰出人物从天而降呢。她闻着他那油光发亮的头发间散发出的阵阵香气，恨不得去摸一摸他那精制漂亮的手套和他那白皙的皮肤。她羡慕夏尔的那双小手和清秀的脸庞。她是个没有见过世面的姑娘，成天只知道替父亲缝缝袜子和补补衣服，站在肮脏的窗前张望着一小时也见不到一个行人走过的街上。对于这样一个女子来说，有幸遇到这样的一位堂兄弟，自然会神魂颠倒的。夏尔的

延伸思考
【概括总结】
克吕肖和德·格拉森她们对夏尔的反感，欧也妮对夏尔的满意，形成了对比，反映了在女孩子的心里，已经对这个整洁的男子产生了好感。

举止和态度，看了方才她还非常喜欢的针线盒而流露出的那种不屑一顾的神气，总之，他的一切，凡是克吕肖和德·格拉森他们看了刺眼的，她都觉得满意。

牌局停了，因为长脚娜农进来高声说：

"太太，得给我被单替客人铺床啦。"

葛朗台太太跟着娜农走了。德·格拉森太太轻声说：

"咱们把钱收起来，别玩了。"

于是，各人从旧碟子里拿回自己的赌注，一齐往壁炉前走去。

"你们完了吗？"葛朗台说着，仍然在看他的信。

"完了，完了。"德·格拉森太太说，挨着夏尔坐下。

延伸思考
【心理描写】
这里对欧也妮的心思进行了剖析，突出了她心里对夏尔的喜欢，心思也因为他而受到影响。

欧也妮，像一般初次动心的少女一样，心中忽然浮起一个念头：离开堂屋，给母亲和娜农帮忙去。其实，她既没有想到母亲，也没有想到娜农，而是非常急切地想看看堂兄弟的卧室，替他张罗一下，惟恐有什么遗漏，样样都要想得周到，使他的卧室尽可能显得漂亮和干净。

欧也妮已经认为只有她才懂得堂兄弟的口味和心意。母亲和娜农以为一切安排定当，准备往回走，她正好赶上，指点给她们看，什么都不行。她让娜农去弄点炭火来烘烘被单，亲自在旧桌子上铺上一方小台布。她吩咐一定要将壁炉生上火，生得暖暖的，并逼着娜农瞒着父亲搬一大堆木柴放在过道里，还亲自跑去拿拉·贝尔泰利埃尔老先生遗留下的那只漂亮的小碟，还拿来一只精巧的水晶杯和一只镀金已褪尽的小匙，高高兴兴地将它们放到壁炉架的角上。在这一刻钟里，她浮想联翩，脑子里出现的念头，比她出世以来的全部想象还要多。

她又拿来了一只古式的糖缸（是葛朗台从弗罗阿丰城堡拿来的），葛朗台太太一看急忙说：

"哎，你父亲看见还了得了……再说，哪儿来的糖呢？你疯了吗？"

"妈妈，跟白蜡一样也叫娜农去买呀！"

"你父亲会怎么说呢？"

"他侄儿想喝杯糖水，怎么办？难道他不应该喝吗？怎么你连这一点也没想到？再说，父亲也不会留意的。"

"嗨，什么都逃不过你父亲的眼睛。"葛朗台太太摇摇脑袋说。

娜农进退两难，她了解主人的脾气。

"快去呀，娜农，今天不是我的生日吗？"

娜农听见小主人第一次开玩笑，不禁放声大笑，随即按照她的吩咐去办了。

正当欧也妮和母亲想法把葛朗台派给侄儿住的卧室打扮得漂亮些的时候，德·格拉森太太对夏尔大献殷勤，百般逗引，她对他说：

"你真有勇气，先生，居然肯放弃冬天巴黎的灯红酒绿而住到索姆来。不过，要是你不觉得我们太可怕的话，你可以看到，这里照样可以尽兴娱乐的。"

夏尔发现这里的一切，与他来前所想象的天堂生活差距太远了。不过当他把德·格拉森太太打量了一番之后，

发现她还有些巴黎妇女的味儿，于是客客气气地与她攀谈起来。德·格拉森太太渐渐地把嗓子压低，几次调情说笑之后，这位善于心计的外省女子，趁其余人正在谈论当时令索姆最关心的酒市行情而不注意她的时候，悄悄说：

"先生，要是你肯赏光到舍下来看望我们，我丈夫和我本人一定非常高兴。舍间的客厅是索姆城里唯一能使你玩得痛快的地方，要是你老待在葛朗台先生家里，天哪！不知你要烦成什么样子呢！"

"这位太太还真不错呢。"夏尔心中暗想，假惺惺地与她拉扯起来，耐心地听她滔滔不绝地讲索姆城里的新闻，谈守财奴葛朗台和他的女儿。

"我看，太太，你是想把这位先生独家包揽了。"又胖又高的银行家插嘴说。

公证人和所长也趁机说了些俏皮话，神甫则狡猾地望着他们，边吸着鼻烟边把大家的意思归纳了一下说：

"索姆城里，除了太太，还有谁能更殷勤地为这位先生尽地主之谊呢？"

"啊！啊！神甫，你这句话是什么意思？"德·格拉森先生问。

"我这句话，先生，对你，对尊夫人，对索姆城，对这位贵客，都表示最大的好意。"奸猾的老头补充说，转身望着夏尔。

克吕肖神甫装做全没注意夏尔与德·格拉森太太的谈话，其实他早已猜透了。于是又不紧不慢地加上几句：

【语言描写】从这句话中可以看出德·格拉森太太一直想要勾引夏尔，几次三番地挑逗他，说明她是一个非常工于心计的女子。

【语言描写】神甫看到大家都在讨好夏尔，对于德·格拉森太太的表现十分不满，语气中充满了不屑和鄙夷。

　　"只有在外省，才能看到像太太这样三十多岁的女子，还保养得像年轻姑娘一般……"接着就转身冲着他的对手说，"想当年在跳舞会上，男男女女都站到椅子上争着看你跳舞的情景，仿佛就在昨天发生似的，你红极一时的盛况还历历在目呢。"

　　"噢！这个老混蛋！"德·格拉森太太心中暗想，"难道他已猜到了我的心事？"

　　"看来我在索姆可以大显身手哩！"夏尔一边想一边将手插在背心里。

　　葛朗台老头根本没有听大家谈话，仍在聚精会神地看信。这情况并没有逃过公证人和所长的眼睛。葛朗台的脸给烛光照得格外分明，两个老奸巨猾的克吕肖正从他微妙的表情中揣摩着书信的内容。老头儿的神色，很难保持平日的镇静。为什么？只要读一读下面这封信就明白了。

　　大哥：

　　我们分别已快二十三年了。最后一次见面是在我快结婚的时候，记得我们分手时大家都高高兴兴的。当时，我根本没有想到，有这么一天要你来独立支撑家庭。

　　当你手里拿着这封信的时候，我已经不在人世了。直到生命的最后一刻，我都在苦苦挣扎。现在，一切都完了。我的公证人和经纪人①全都破产，把我的资本全部弄个精光，分文不留。我欠了近四百万的债，而我能偿付的仅只一百万。囤积的酒，因今年葡萄丰收，酒价惨跌。三天

──────────
① 在交易所中代他人进行买卖而取得佣金的人。

【心理描写】面对神甫的冷嘲热讽，德·格拉森太太心里开始不安起来，担心自己的心思被人看穿了。

【细节描写】这里通过克吕肖对葛朗台表情神色的细致观察，暗示信的里边可能有葛朗台不能容忍的事情发生，这到底是什么呢？设置悬念。

之后，全巴黎的人都会说："葛朗台先生原来是个骗子！"

我既玷污了我儿子的姓氏，又侵占了他母亲留给他的一份财产，他还一点儿不知道呢，我疼爱的这个可怜的孩子。我们分手的时候，彼此都依依不舍。幸而他还不知这是我生命的最后时刻。啊！将来有一天他会不会咒骂我呢！儿女得罪了父母，可以请求我们宽恕，而我们若得罪了儿女，却没有时间请求他们宽恕了。葛朗台，你是我的兄长，应当保护我，不要让夏尔在我死后说我的坏话！

现在你已是他的父亲了。你知道，他没有母亲家的亲戚……夏尔已无家可归了。噢，我可怜的儿子！儿子！你得知道，葛朗台，我求你不是为了我自己，因为你的家产也许押不到三百万。我是为了我儿子才来求你的！

葛朗台，临死前，我把夏尔托付给你了。想到你将担起为父的责任，我望着自杀用的手枪就不觉得痛苦了。夏尔对我很孝顺，我也像慈父一样对他百依百顺。他不会恨我没有给他留下遗产的。渐渐地你会发现，他性情温顺，像他的母亲，决不会有什么事教你难堪。可怜的孩子！他是享惯福的，你我小时候所吃的苦，他全然无知……而现在他已一无所有，只剩下孤苦伶仃一个人！所有的朋友都将避而远之，他的一切不幸都是我造成的！我恨不得把他带往天国，放在他母亲身边！

我还得讲讲我的苦难和夏尔的不幸。我打发他到你那儿，让你把我的死讯和他将来的命运婉转地告诉他。希望你做他的父亲，慈爱的父亲。他非常年轻，千万别一下子

延伸思考
【直接引用】
通过引用葛朗台弟弟写给他的信，写他能够为了自己的儿子放弃尊严和生命，突出了他对儿子的深爱。

延伸思考
【直抒心意】
想到自己给儿子带来的所有不幸，这个做父亲的心里充满了深深的懊恼和自责。

28

逼他戒绝悠闲的生活。我给他造成的艰难处境，你得仔细讲给他听。如果他对我还存有孝心，那么，替我告诉他，前途并不绝望。咱们俩当初都是靠劳动翻身的，将来他也可以靠劳动将我败掉的家业挣回来。如果他肯听我为父的话（为了他，我真愿意从坟墓里爬出来），他应该出国上印度去！

大哥，夏尔是个正直和勇敢的青年，开始时你一定要资助他，他死也不会赖掉你借给他的本钱的。你一定要借给他，葛朗台！啊！要是我的孩子得不到你的资助，也得不到你的关怀，上帝会惩罚你的！

我想竭力抢救出一部分财产，因为我有权在他母亲的财产里面留一笔给他，可是月底的开支把我的资源全部分配完了。

不知道孩子将来的命运，我是死不瞑目的。我真想亲自握着你的手，因为它会给我带来温暖，但是时间已来不及了。在夏尔赶路的时候，我必须把资产负债表造好，以便证实我的这次失败既没有过失也没有私弊。这不都是为了夏尔吗？

永别了，大哥！愿上帝赐福于你。相信你会慷慨接受对我儿子的监护①的……在那个咱们早晚都要去、我已先去一步的世界上，永远有一个声音在为你祈祷。

维克多—昂热—纪尧姆·葛朗台

---

① 法律上指对未成年人、精神病人等的人身、财产以及其他一切合法权益的监督和保护。

【简单概括】
通过一个父亲的口，对夏尔的性格本质做一个简单的概述，说明在父亲的眼里，儿子就是最好的、最棒的，是父亲的骄傲和自豪。

【直抒胸臆】
由于自己的失误，给孩子带来了不幸，希望能够在自己死后安排好孩子的一切。

"啊，你们在聊天？"葛朗台把信照原来的折痕折好，放在背心口袋里。接着装出一付忐忑不安的样子问道："你们在聊天哪？"

他谦卑而胆怯地望望侄儿，以此掩饰内心的激动和盘算。"烤烤火，暖和过来了吧？"他对侄儿说。

"很舒服，亲爱的伯父。"

"哎！女人们呢？"伯父已经忘记自己的侄儿要住在他家。这时，欧也妮和葛朗台太太回到客厅。"楼上都收拾好了吗？"老头儿恢复了平静，问她们。

"收拾好了，父亲。"

"那好，侄儿，你要是累了，就让娜农带你上楼睡去。圣母啊，那可不是个花团锦簇的客房，种葡萄的人穷得叮当响，你可不要见怪。捐税把我们刮空了！"

"我们不打扰了，葛朗台，"银行家说，"您跟令侄一定有话要说，我们祝你们晚安。明天再见。"

一听这话，大家都起身告别，各人根据各自的身份，行告别礼。老公证人到门下取他自己带来的灯笼，点亮之后，提出先送德·格拉森一家回府。德·格拉森太太没有预料中途会出事，这么早就散了，家里的佣人还没有来接。

"请您赏脸，让我扶您走吧。"克吕肖神甫对德·格拉森太太说。

"谢谢，神甫先生。我有儿子侍候呢。"她冷冷地回答。

"太太们跟我在一起是不会招惹是非的。"神甫说。

"就让克吕肖先生扶你一把吧。"德·格拉森先生接

言道。

神甫扶着俏丽的太太，走得好不轻快，抢前几步赶到这一队人的前面。

"那个小伙子真是不错，太太您说呢？"他抓了她的胳膊说，"葡萄割完，筐就没有。您该跟葛朗台小姐说声再见了，欧也妮早晚会嫁给那个巴黎人。除非堂弟早就爱上了什么巴黎女子，否则令郎阿道尔夫眼前遇到的情敌太不好对付啊……"

"不说了，神甫先生。那个小伙子很快就会发现欧也妮有多傻，而且长得也不水灵。您仔细端详过她没有？今天晚上，她的脸色蜡黄。"

"说不定您已经提醒她兄弟注意了吧？"

"我倒也有什么说什么……"

"太太，以后您就总跟欧也妮挨着坐，您不必多费口舌，他自己就会比较……"

"首先，他已经答应后天来我们家吃饭了。"

"啊！要是您愿意的话……"

"愿意什么，神甫先生？您的意思是要教我坏？我清清白白活到三十九岁，谢天谢地，总不能时至今日还不爱惜自己的名声吧，哪怕送我一个莫卧儿大帝国我也不能自轻自贱呀！你我都已这把年纪，说话得知道分寸。您虽说是个出家人，其实有一肚子龌龊的坏主意。呸！您这些东西倒像《福布拉》（色情小说，描写十八世纪淫逸风气）里的货色。"

"那么您看过《福布拉》了？"

"不，神甫，我说的是《危险的关系》（书信体小说）。"

"啊！这部书正经多了，"神甫笑道，"可是您把我说得跟当今的青年人一样居心不良！我不过是想……"

"您敢说您不是想给我出坏主意？这还不明摆着吗？要是那个小伙子，用您的话说，人不错，这我同意，要是他追求我，他当然不会想到自己的堂姐。在巴黎，我知道，有些好心的母亲，为了儿女的幸福和财产，确实不惜这样卖弄自己的色相。可是咱们是在内地，神甫先生。"

"是的，太太。"

"所以，"她接着说，"哪怕有一亿家私，我和阿道尔夫都不会愿意付出这种代价去换的……"

"太太，我可没说什么一亿家私。倘有这样大的诱惑，恐怕你我都无力抵挡。我只是想，一个正经的女人，无伤大雅地调调情也未尝不可，这也是交际场上女人的任务……"

"您这么想？"

"太太，难道我们不该彼此亲切热情吗？……对不起，我要擤擤鼻子，——我不骗您，太太，他拿起夹鼻镜片朝您看的那副模样，比看我的时候要讨好得多；这我谅解，他爱美胜于敬老……"

"明摆着，"庭长粗声大气说道，"巴黎的葛朗台打发儿子来索姆，绝对抱有结亲的打算……"

【语言描写】通过德·格拉森太太的话中，我们可以看出，社会上很多人为了自己的目的和利益，做着不可见人的交换。

【语言描写】神甫认为夏尔的到来，就是奔着葛朗台的财产来的，所以千方百计鼓动德·格拉森太太去勾引夏尔，为自己扫清道路，真是一个狡猾的人哪！

"真要这样，那堂弟也不该来得这么突然啊！"公证人答腔。

"这不说明什么，"德·格拉森先生说，"那家伙向来爱跑跑颠颠。"

"德·格拉森，亲爱的，我请他来吃饭了，请那个小伙子。你再去邀请拉索尼埃夫妇，德·奥杜瓦夫妇，当然，还有漂亮的奥杜瓦小姐；但愿她那天打扮得像样些！她的母亲好吃醋，总把她弄成丑八怪！"说着，她停下脚步，对克吕肖叔侄说，"也请诸位届时光临。"

"你们到家了，太太，"公证人说。

三位克吕肖同三位格拉森道别之后，转身回家，一路上他们施展内地人擅长的分析才能，对今晚发生的事从各方面细细研究。那件事改变了克吕肖派和格拉森派各自的立场。支配这些勾心斗角专家的了不起的理智，使他们认识到有必要暂时结盟，共同对敌。他们不是应该彼此配合，阻止欧也妮爱上堂弟、不让夏尔想到堂姐吗？他们要不断地用含沙射影的坏话、花言巧语的诬蔑、表面恭维的诋毁及假装天真的诽谤来包围那个巴黎人，让他上当。他招架得住这样密集的招数吗？

等客厅里只剩下四个骨肉亲人时，葛朗台先生对他侄儿说：

"该睡觉了。至于让你风尘仆仆到这儿来的那些事情，现在太晚了，先不说吧。明天我找个合适的时间再谈。我们这儿八点钟吃饭；中午，吃点水果和面包，喝杯

延伸思考
【语言描写】
德·格拉森太太最终还是被蛊惑了，并且想要设"鸿门宴"，实现自己的目的。

延伸思考
【直接描写】
面对夏尔的出现，三位追求者站到了统一战线上，想要极尽所能阻止夏尔和欧也妮的接近，他们哪里知道夏尔到来的真正原因呢。

白葡萄酒；五点钟开晚饭，跟巴黎人一样。这就是一日三餐的程序。你要是想去城里走走，或到周围转转，尽管自便。我的事情多，别怪我没有空陪你。你也许到处能听到人们说我有钱：葛朗台先生这样，葛朗台先生那样。我让他们说去，闲话损伤不了我的信誉。但是，我实际没有钱，我这把年纪还像小伙计一样苦干，全部家当不过是一副蹩脚的刨子和一双干活的手。你不久也许会亲身体会到，挣一个铜板流多少汗。娜农，拿蜡烛来。"

"侄儿，我想您需要的东西房间里都备齐了，"葛朗台太太说，"不过，缺少什么，尽管吩咐娜农。"

"不必了，亲爱的伯母，我想，东西我都带齐的。希望您和我的堂姐一夜平安。"

夏尔从娜农手中接过一支点着的白蜡烛，那是安茹的产品，在店里放久了，颜色发黄，跟蜡油做的差不多，所以，根本没有想到家里会有白蜡烛的葛朗台，发现不了这是一件奢侈品。

"我来给你带路，"他说。

葛朗台没有走与大门相通的那扇门，而是郑重其事地走客厅与厨房之间的过道。楼梯那边的过道有一扇镶着椭圆形玻璃的门，挡住了顺着过道往里钻的冷气。但是，在冬天，虽然客厅的门上都钉了保暖的布垫，寒风刮来依然凛冽刺骨，客厅里很难保持适当的温度。

娜农去闩上大门，关好客厅，从牲畜棚里放出狼狗，那狗的吠声像得了咽喉炎一样沙哑，凶猛至极，只认得娜

农一人。它和娜农都来自田野，彼此倒很相投。

当夏尔看到楼梯间发黄的四壁布满烟熏的痕迹、扶手上蛀洞斑斑、楼梯被他的伯父踩得晃晃悠悠，他的美梦终于破灭。他简直以为自己走进了鸡笼，不禁带着疑问，回头望望伯母和堂姐。她们走惯了这座楼，猜不到他惊讶的原因，还以为他表示友好，于是亲切地朝他笑笑，越发把他气懵了。"父亲为什么打发我上这样的鬼地方来？"他想道。

到了楼上，他看到三扇漆成赭红色的房门，没有门框，直接嵌在布满尘埃的墙中，门上有用螺丝钉固定的铁条，露在外面，铁条两端呈火舌形，跟长长的锁眼两头的花纹一样。正对着楼梯的那记房门，显然是堵死的，门内是厨房上面的那个房间，只能从葛朗台的卧房进去，这是他的工作室，室内只有一个临院子的窗户采光，窗外有粗大的铁栅把守。谁也不准进去，葛朗台太太也不行。老头儿愿意像炼丹师守护丹炉似的独自在室内操劳，那里一定很巧妙地开凿了几处暗柜，藏着田契房契，挂着称金币的天平；清偿债务、开发收据和计算盈亏，都是更深夜静时在这里做的。所以，生意场上的人们见葛朗台总是有备无患，便想象他准有鬼神供他差遣。

当娜农的鼾声震动楼板，当护院的狼狗哈欠连连，当葛朗台太太母女已经熟睡，老箍桶匠便到这里来抚摸、把玩他的黄金；他把金子搂在怀里，装进桶里，房内四壁厚实，护窗板也密不通风。他一人掌管这间密室的钥匙。据

说他来这里查阅的图表上，都标明果木的数目，他计算产量准确到不超出一棵树苗、一小捆树杈的误差①。

欧也妮的房门同这扇堵住的门对着。楼梯道的尽头是老两口的套间，占了整个前楼。葛朗台太太有一个房间与欧也妮的房间相通，中间隔一扇玻璃门。葛朗台与太太的各自的房间，由板壁隔断，而他的神秘的工作室和卧室之间则隔着一堵厚墙。葛朗台老爹把侄儿安排在三楼一间房顶很高的阁楼里，正好在他的卧室上面，这样侄儿在房内走动，他可以听得清清楚楚。

【延伸思考】
【解释说明】
葛朗台故意把侄儿安排在自己卧室的上面，便于自己时刻监视着他，体现出他性格中的多疑。

欧也妮和母亲走到楼道当中，接吻并互道晚安；她们对夏尔说了几句，就各自回房睡觉去了。欧也妮嘴上说得平平淡淡，心里一定很热乎。

"你就睡在这一间，侄儿，"葛朗台一边打开房门一边对夏尔说道，"你若要出门，先得叫娜农，否则，对不起！狗会不声不响地吃掉你的。睡个好觉。晚安。啊！啊！娘儿们已经给你生上火了。"正说着，大高个娜农端着一只暖床炉走了进来。"瞧，说到娘儿们，这就来了一个！"葛朗台先生说，"你把我的侄儿当产妇吗？把这暖床炉拿走，娜农！"

【延伸思考】
【语言描写】
通过葛朗台和娜农的对话，可以看出葛朗台的冷酷，突出了娜农的善良。

"可是，先生，被单潮着呢，况且这位少爷真比姑娘还娇嫩。"

"得了，既然你疼他，就给他炉子吧，"葛朗台说着，推了推娜农的肩膀，"不过，小心着火。"说罢，守财奴嘟

———————————————————
① 测定的数值或计算中的近似值与准确值的差。

嘟囔囔下楼去了。

夏尔在行李堆中发呆。他望望墙上的壁纸，黄底子上面一簇簇小花，是农村小吃店里用的那种；望望石灰石的、有凹槽的壁炉架，仅外表就令人心寒；望望漆过清漆的草坐垫木椅，看上去仿佛不止四只脚；望望没有门的床头柜，里面简直容得下一个轻骑兵；望望粗布条纺织的脚毯，放在一张有顶的床前，帐幔摇摇欲坠，上面蛀洞累累。他扫视了这一切之后，绷着脸对娜农说："唉！乖乖，我当真是在葛朗台先生的府上吗？他当真做过索姆市长，是巴黎的葛朗台先生的哥哥？"

"没错，先生，您是在一个多么文雅、多么和气、多么善良的老爷家里。要我帮您解开行李吗？"

"那真是求之不得，我的兵大爷！你没有在帝国军队里当过水兵吧？"

"噢！……"娜农问，"帝国水兵是啥东西？咸的还是淡的？水上游的？"

"给你钥匙，替我从这只箱子里把我的睡衣找出来。"

娜农看到一件绿底金花、图案古朴的绸睡衣，惊讶得合不拢嘴。

"您穿这个睡觉？"她问。

"是的。"

"圣母呀！这给教堂铺在祭坛上才合适呢。亲爱的小少爷，您把这件睡衣捐给教堂吧，您的灵魂会得救的，不然，您的灵魂就没救了。噢！您穿上多体面，我去叫小姐来看看。"

"行了，娜农，别大声嚷嚷！我要睡觉了，明天再整理东西。要是你喜欢这件睡衣，要是你的灵魂一定能得救，我这人笃信基督，助人为乐，走的时候一定把这件睡衣留给你，派什么用场由你自便。"

娜农呆呆站着，望望夏尔，无法把他的许诺当真。

"把这件漂亮的宝贝送给我？"她边走边嘀咕，"这位少爷在说梦话了。明天见。"

"明天见，娜农。"

"我来这里干什么？父亲不是傻子，打发我来必有目的。"夏尔睡下后，思忖道，"嘘！正经事，明天想，这是哪个希腊笨蛋说的话？"

"圣母玛丽亚！我的堂弟多文雅啊。"欧也妮祈祷时忽然想道，那天晚上她没有做完祈祷。

葛朗台太太睡下时，无牵无挂。她听到壁板中间的门那边，爱钱如命的老头在自己的房内来回踱步。同所有胆小的女人一样，她早已摸熟老爷的脾气。就像海鸥能预知雷电，她从蛛丝马迹中也预感到葛朗台内心正翻腾着狂风暴雨，用她的话来说，她只有装死。

葛朗台望着里面钉上铁皮的工作室的门，想道："我的老弟怎么会有这种怪念头？把孩子留给我管！真是一笔好遗产！我可没有一百法郎供他花销。对于这轻薄的浪子来说，一百法郎顶什么用？他端着夹鼻镜片看我的晴雨表时的那种架势，像要放火把它烧掉似的。"

想到那痛苦的遗嘱将会有什么后果，葛朗台此刻心乱如麻，或许比他的弟弟写遗嘱时更激动。

"我真会得到那件金睡衣吗？"娜农入睡时仿佛已披上了祭坛的锦围，她生平头一回梦见了花朵，梦见了绫罗

延伸思考

【比喻修辞】用海鸥能预知雷电，比喻葛朗台太太对葛朗台的熟悉程度也非常高，可见夫妻之间两个人彼此都是非常熟悉的。

绸缎，正如欧也妮有生以来第一次梦见爱情。

在少女们纯洁而单调的生活中，必有一个美妙的时刻，阳光会铺满她们的心田，花朵会向她们诉说种种想法，心的跳动会把热烈的生机传递到她们的脑海，将意念化作一种隐约的欲望；那是忧喜兼备的境界，忧而无邪，甜美快乐！孩子们见到周围的世界，就开始微笑；少女在大自然中发现朦胧的感情，也像孩子一样开始微笑。如果说光明是人生初恋的对象，恋爱不就是心灵的光明吗？欧也妮也总算到了能看清尘世万物的时候了。

延伸思考

【反问修辞】用"恋爱不就是心灵的光明吗"这个句子，来突出恋爱在人的生命和精神上占着重要的位置。

名｜家｜点｜评

夏尔在葛朗台的安置下，住在了葛朗台卧室的上面，但是夏尔看到现实和自己的想象有着巨大的差别，对自己的住处非常不满。可是夏尔的到来却使欧也妮的心里充满了阳光。

拓展训练

1. 葛朗台把夏尔的卧室安排在了什么地方？

2. 欧也妮对夏尔的态度是怎样的？

3. 娜农喜欢这位新来的夏尔先生吗？

第三章 姑娘的爱情

> 夏尔的到来，给欧也妮带来了光明，这让她感到自己的生活充满了阳光，充满了快乐，难道这就是所谓的"爱情"吗？

延伸思考

【细节描写】欧也妮对镜梳妆，仔细地梳理着自己的辫子，力争把自己打扮得最美，真是"女为悦己者容"啊！

延伸思考

【概括描写】用简单的话，概括出了欧也妮的心思，希望能够通过自己的打扮，引起夏尔的注意和喜欢。

内地姑娘起得早，她天刚亮就起床，做祷告，梳妆打扮；从今以后打扮具有一种特殊的意义。她先把栗壳色的头发梳平，然后仔仔细细地把粗大的辫子盘在头顶，不让零星的短发滑出辫子，整个发式力求对称，衬托出一脸的娇羞和坦诚，头饰的简朴同面部轮廓的单纯相得益彰。她用清水洗了几遍手，清水使她的皮肤又粗又红，她望着自己滚圆的胳膊，心里纳闷，不知道堂弟怎么能把手保养得那么白嫩、指甲修剪得那么漂亮。她穿上新袜和最好看的鞋。她把束胸从上到下用带子收紧，每个扣眼都不跳过。总之，她生平第一次希望自己显示出优点，第一次知道能穿上一件剪裁新颖的衣裳、使她更引人注目，该有多好。打扮完，她听到教堂钟响，奇怪怎么只敲了七下。皆因为想要有足够的时间好好打扮，她竟然起身太早。她不会把一个发卷弄上十来次，也不懂得研究发卷的效果；她只好老老实实地合抱着手臂，坐在窗前，凝视院子、小花园和花园上面的高高的平台。

固然，那里景色凄凉、场地狭窄，但不乏神秘的美，那是偏僻的处所或荒芜的野外所特有的。厨房附近有口井，围有井栏，滑轮由一根弯弯的铁条支撑着，一脉藤蔓缠绕在铁条上；时已深秋，枝叶已变干、枯萎、发黄。藤蔓从那里蜿蜒地攀附到墙上，沿着房屋，一直伸展到柴栅，栅下木柴堆放得十分整齐，赛如藏书家书架上的书籍。院子里铺的石板由于少有人走动，再加上年深月久堆积的青苔和野草，显得发黑。厚实的外墙披着一层绿衣，上面有波纹状的褐色线条。院子尽头，八级台阶东歪西倒地通到花园的门口，高大的植物遮掩了幽径，像十字军时代埋葬骑士①的古墓，埋没在荒草之中。在一片石砌的台基上有一排朽烂的木栅，一半已经倾圮，但上面仍缠绕着攀援的藤萝，纠结在一起。栅门两旁，各有一株瘦小的苹果树，伸出多节的枝桠。三条平行的小径铺有细沙，它们之间隔着几块花坛，周围种了黄杨，以防止泥土流失。花园的尽头，平台的下面，几株菩提覆盖一片绿荫。绿荫的一头有几棵杨梅，另一头是一株粗壮的核桃树，树枝一直伸展到箍桶匠藏金的密室的窗前。秋高气爽，卢瓦河畔秋季

【比喻修辞】
藏书家书架上的书籍摆放工整，用此来比喻木柴的堆放十分整齐。

【环境描写】
台阶东倒西歪、荒草遮掩了小路、朽烂的木栅和缠绕的藤萝，构成了一幅荒凉的图画。

———————————
① 中世纪西欧统治阶级中的最低阶层。以服骑兵军役为条件，获得国王或领主的封地。

常见的艳阳，融化夜间罩在院子和花园的树木、墙垣以及一切如画的景物之上的秋霜。

欧也妮从那些一向平淡无奇的景物中，忽然发现了全新的魅力，千百种思想混混沌沌地涌上她的心头，并且随着窗外阳光的扩展而增多，她终于感到有一种朦胧的、无以名状的快感，包围了她的精神世界，像一团云，裹住了她的身躯。她的思绪同这奇异景象的种种细节全都合拍，而且心中的和谐与自然的和谐融会贯通。当阳光照到一面墙上时，墙缝里茂密的凤尾草像花鸽胸前的羽毛，色泽多变，这在欧也妮的眼中，简直是天国的光明，照亮了她的前程。她从此爱看这面墙，爱看墙上惨淡的野花、蓝色的铃铛花和枯萎的小草，因为那一切都与一件愉快的往事纠结在一起，与童年的回忆密不可分。在这回声响亮的院子里，每一片落叶发出的声音，都像是给这少女暗自发出的疑问作出回答；她可以整天靠在窗前，不觉时光的流逝。接着心头涌起乱糟糟的骚动。她突然站起来，走到镜子前面，像诚实的工作者推敲自己的作品，吹毛求疵地挑自己的毛病，不客气地咒骂自己。

"我的相貌配不上他。"欧也妮就是这么想的，这种自卑的念头引起无尽的痛苦。可怜的姑娘对自己太不公平；可是谦虚，或者不如说惧怕，不正是爱情的最初征兆之一吗？欧也妮是那种体质强健的孩子，跟小市民家的孩子一样，美得有些俗气；但是她的外形虽然像断臂的维纳斯①，可是，使女性纯洁清灵的基督②徒的情操，自有隽永的意味，赋予欧也妮一种古希腊雕塑家所认识不到的高雅气质。她的头很大，像菲迪亚斯雕塑的宙斯③的前额，虽有男子气概，但仍清秀，灰色的眼睛里蕴含着她全部贞洁的生活，从而射出炯炯的光芒。圆脸蛋的线条曾经清新稚嫩，出天花的那时，被弄得粗糙许多，幸亏老天保佑，没有留下疤痕，只破坏了皮肤表面的一层绒毛，皮肤仍很柔软细腻，母亲纯洁的一吻会在脸上留下片刻即消的红印。她的鼻子大了些，但同朱红的嘴唇倒也相配，唇上一道道细纹显示出无限的深情和善意。脖子圆润完美。饱满的胸部遮得严严的，既惹人注目，又引人想入非非；古板的装束，多少削减了应有的妩媚，但是，在鉴赏家看来，这种苗条身材的刻板挺拔，也应算作一种风韵。所以，高大结实的欧也妮不具备一般人所喜欢的那种漂亮；但是她是美的，而且这种美不难看出，只有艺术家才会对之倾心。想要在尘世寻找一个像圣女那样贞洁的典型，想要从天然的女子身上发现拉斐尔揣摩到的那种不卑不亢的眼神和那些端庄的线条，虽然往往出自构思的巧合，但是只有基督徒的清心寡欲的生活才能保持或培养出这样的典型。热衷于寻求这种难以求得的模特儿的画家，会突然在欧也妮的脸上发现连她本人都没有意识到的内在高贵气质：安详的额头下，有一个深情的世界；她的眼睛，甚至眨眼的动作，

① 罗马神话中爱和美的女神。
② 基督教对于耶稣的专称。
③ 希腊神话中的主神。罗马神话中称为朱庇特。

延伸思考
【细节描写】这句话对欧也妮的额头和眼睛进行了细致的描写，突出了欧也妮的眼睛炯炯有神。

延伸思考
【欲扬先抑】作者采用欲扬先抑的写作方法，更加突出欧也妮独特的、与众不同的魅力。

都有一种说不出的神圣的灵气。她的五官，她的脸部的轮廓，从没有因为大喜过望的表情而走形、而松弛，宛如平静的湖面在天水相接的远方呈现的线条，柔和清晰。安详而红润的脸庞，像迎光开放的花朵，周边特别明亮，使人心旷神怡，并让你感到它映照出一股精神的魅力，你不能不凝眸注视。欧也妮还只在人生的岸边，那里幼稚的幻梦像花朵盛开，摘一朵雏菊占卜爱情时，心里特别痛快，这是经历过世故之后无法再有的心情。她还不知道什么是爱情，只对着镜子心里想道："我太丑，他看不上我的。"

接着，她打开对着楼梯的房门，探出头去听听家里的动静。"他还没有起床。"她想道，这时听到娜农在咳嗽、在走来走去打扫客厅、生火、拴狗、还在牲口棚里对牲口说话。欧也妮赶紧下楼，去找娜农，见她正在挤牛奶。

"娜农，我的好娜农，给我的堂弟调些鲜奶油吧，让他就着喝咖啡。"

"唉，小姐，那得昨天调，"娜农直着嗓门笑道，"现在是做不成奶油的。你那位堂弟真标致，真标致，地地道道的小白脸儿。你没有见他穿着那件金丝的绸睡衣的模样多俏呢。我见到了。他的内衣用那么细的布料，跟神甫先生的白祭袍一样。"

"娜农，做些薄饼吧。"

"谁给我木柴、面粉和黄油啊？"娜农以葛朗台内阁大臣①的身份说道。她有时在欧也妮和她母亲的心目中是很

【细节描写】明亮而又灵气的五官，让欧也妮看起来像迎光开放的花朵，令人不由的感到心旷神怡。

【语言描写】娜农直言不讳的对夏尔赞不绝口，说明在她的眼里，夏尔先生的一切都是那么高贵。

---

① 内阁制国家，内阁组成人员、参加内阁会议的大臣，称为内阁大臣。

了不起的。"总不能去偷他的东西来款待你的堂弟吧？你去问他要黄油、面粉、木柴，他是你父亲，会给的。瞧，他下楼检查伙食来了……"

欧也妮听到楼梯被她父亲踩得颤颤巍巍，吓得赶紧溜进花园。她已经感到心虚和不安了。我们遇到高兴的事，往往——也许不无道理——以为自己的心思一定都暴露在脸上，让人一眼就看透。欧也妮感到的正是这种发自内心的羞臊，唯恐被人识破。可怜她终于发觉父亲家里的寒酸，跟堂弟的潇洒委实不般配，觉得很不是滋味。她强烈地感到一种需要，非为堂弟做点什么不可。做什么呢？她不知道。她天真而坦诚，听凭纯洁的天性纵横驰骋，不提防自己的印象和感情有所越轨。一见堂弟，他那外表就早已在她的心中唤醒了女性的天性，而且她毕竟已经二十三岁，正是智力和欲望达到高峰的年龄，而女性的自然倾向一旦冒头便一发不可收拾。她有生以来第一次见到父亲就心里发毛，感到自己的命运操纵在他的手里，有些心事瞒着他实在于心有愧。她急匆匆地往前走着，奇怪空气比往常更新鲜，阳光比平时更活泼，她从中吸取一种精神的温暖、一种新的生气。正当她挖空心思想用什么计策弄到薄饼的时候，大高个娜农和葛朗台斗起嘴来，这是少有的事，像冬天听到燕子呢喃一样难得。老头儿提着一串钥匙来秤出一天消费所需的食物。

"昨天的面包还有剩的吗？"他问娜农。

"一丁点儿都没剩，老爷。"

延伸思考

【设置悬念】
欧也妮在夏尔到来以后，才发现原来自己家跟堂弟显得格格不入，于是她决定要为夏尔做些事情。可是做什么呢？让我们继续往下读。

延伸思考

【比喻修辞】
冬天在北方是看不到燕子的，在这里用来比喻娜农和葛朗台的争吵，说明娜农很少和老板发生争执。

葛朗台从一只安茹地方的居民用来做面包的平底篮里，拿出一只撒满干面的大圆面包，正要动手切，娜农说道："咱们今天有五口人，老爷。"

"知道，"葛朗台回答说，"这只面包足有六磅①重，准吃不了。况且，巴黎的年轻人，你等着瞧吧，他们根本不吃面包。"

"那就吃酱呗。"娜农说。

在安茹，俗话所说的酱是指涂面包的东西，从大路货的黄油到最讲究的桃酱，统称"酱"；凡小时候舔掉面包上的涂料之后，把面包剩下不吃的人都明白这句话的分量。

"不，"葛朗台答道，"他们不吃面包，也不吃酱，他们都像等着出嫁的黄花闺女。"

他斤斤计较地定好几道家常菜之后，关上伙食库，正要朝水果房走去，娜农拦住说："老爷，给我一些面粉、黄油吧。我给两个孩子摊张薄饼。"

"为了我的侄儿，你想叫我倾家荡产吗？"

"我不光想到您的侄儿，也没有为您的狗少费心，更不见得比您还费心。瞧，这不是吗？我要八块糖，您才给我六块。"

"啊！娜农，你反了？我还从来没见过你这样呢。你脑子出了什么毛病吧？你是东家吗？糖，我只给六块。"

"那么，侄少爷喝咖啡放不放糖？"

"放两块，我就免了。"

延伸思考
【解释说明】
这里用生活中的事物对"酱"进行解释，贴近生活，通俗易懂。

延伸思考
【语言描写】
看到娜农对自己给的东西表示不满，并且还要多取东西，葛朗台恼怒了，十分严厉地斥责娜农。

① 英美制重量单位。一磅合四百五三点五十九克。

延伸思考
【语言描写】
听到葛朗台为了省钱，宁可自己喝咖啡不放糖，娜农对他的这种做法感到不屑。

"您这把年纪，喝咖啡不放糖！我掏钱给您买几块吧。"

"这事跟你不相干，少管闲事。"

尽管糖价下跌，在老箍桶匠的心目中，始终是最金贵的殖民地产品，仍要六法郎一磅。帝政时期节约用的义务已经成为他最不可动摇的习惯。女人都有办法达到自己的目的，连最笨的女人也会计上心来。娜农抛开糖的问题，争取做成薄饼。

"小姐，"她向窗外喊道，"你不是要吃薄饼吗？"

"不，不。"欧也妮连声否认。

"得了，娜农，"葛朗台听到女儿的声音，说："给你。"他打开粮食柜，给她盛了一勺面粉，又添补了几两已经切成小块的黄油。

"还得烤炉用的木柴呢，"得寸进尺的娜农说。

延伸思考
【语言描写】
葛朗台最终选择了让步，但是他却要求娜农晚饭要少生一个炉子，真是一个斤斤计较的老财迷呀！

"好！管够，给你，"老财迷伤心地说道，"不过你得做一个果子馅饼，晚饭也用烤炉做，省得生两个炉子。"

"哎！"娜农嚷出声来，说道，"您不必多说。"葛朗台瞅了一眼忠实的内务大臣，那目光几乎像父亲看女儿一样充满慈爱。"小姐，"厨娘喊道，"咱们有薄饼吃了。"葛朗台老爹捧来水果，在厨房桌子上放了大约够装一盆的。"您瞧，老爷，"娜农说："侄少爷的靴子多漂亮。多好的皮子，还香喷喷呢。用什么擦呀？还用您调了蛋清的鞋油吗？"

"娜农，我想蛋清会弄坏这种皮子的。况且，你得跟他直说，你不知道怎么给摩洛哥皮子上油，对，这准是摩洛哥皮子。这样，他就会自己上街买鞋油。听说有人往鞋油里搀糖，打出来的皮子更亮呢。"

"那倒可以吃了。"女佣拿起皮靴，凑近鼻尖，一闻，"哎哟！跟太太的科隆香水一样香。这真是少见。"

"少见！"主人说，"靴子比穿的人还值钱，你觉得这事儿少见？"

"老爷，"等主人关好水果房的门，第二次回到厨房时，娜农问，"您不打算一星期做一两次罐焖肉，款待款待您的……"

"行啊。"

"那我得去肉铺。"

"完全不用。您给我们做罐闷鸡汤吧，佃户们不会让你闲着的。我待会儿就去告诉高诺瓦叶，给我打几只乌鸦来。这种野味炖汤，再好不过了。"

"老爷，听说乌鸦吃死人，是真的吗？"

"你真笨，娜农！它们跟大家一样，还不是有什么吃什么。咱们就不吃死人吗？什么叫遗产？"葛朗台老爹没有什么要吩咐的了，掏出怀表，看到早饭前还有半小时可以活动，便拿起帽子，吻了一下女儿，说，"你想到卢瓦河边我的草地上去散散步吗？我要上那儿办点事儿。"

欧也妮过去戴上她那顶缝上粉红色绸带的草帽，父女俩便沿着曲曲折折的街道向下城走去，一直走到广场。

"这么早二位去哪儿啊？"克吕肖公证人遇到葛朗

台，问道。

"去看看。"老头儿回答说。他心中有数，克吕肖也决不会在清早散步。

遇到葛朗台出门看看什么，克吕肖公证人凭经验知道必有好处可得，便跟了上来。

"您来吗，克吕肖？"葛朗台对公证人说，"您是我的朋友，我要让您看看，在肥沃的土地上种白杨有多么愚蠢……"

"这么说，卢瓦河边您的那几片草地给您挣的六万法郎算不上什么了？"克吕肖惊讶得睁大了眼睛问道，"您还不走运吗？……您砍树的那会儿，南特正需要白杨木，卖到三十法郎一棵！"

欧也妮听着，不知道她已面临生平最庄严的时刻，公证人马上要让她的父亲宣布一项与她有关的决定。葛朗台到达卢瓦河畔他的肥美的草场时，三十名工人正在填平白杨留下的树坑。

"克吕肖先生，您看一棵白杨树占多大的地盘。"葛朗台说，"让！"他朝一个工人喊道，"拿……拿……你的尺子……四……四边量……量。"

"每一边八尺。"工人量过之后，说。

"四八三十二，一棵白杨糟蹋三十二尺土地，"葛朗台对克吕肖说，"我在这一排种了三百棵白杨，对不对？那好……三百……乘……乘……三十……二……就是说……它们吃……吃掉我……五……一百堆干草；再加上两边

【数字证明】从克吕肖的话里说明葛朗台的这几片草地给他带来了巨大的利润，可是听到葛朗台这样说话，他心里感到难以置信。

延伸思考
【语言描写】葛朗台让工人进行丈量，并仔细的计算着，可以看出葛朗台有着非常精明的生意头脑。

的，总共一千五，中间几排又是一千五。就算……算一千堆干草吧。"

"好，"克吕肖帮朋友计算，"一千堆这样的干草大约值六百法郎。"

"应该说……说……一千二百法郎，因为再割一茬，又能卖三四百法郎。那么，您……给……算算……一年一……一千二百法郎……四十年下来……再加……加上利……利息……总共……多少，您…知道。"

"算它有六万法郎吧。"公证人说。

"得了吧！总共……共……只有六万法郎。那好，"老葡萄园主不结巴了，"两千棵四十年的白杨还卖不到五万法郎。这就亏了。我发现了这个漏洞，"葛朗台趾高气扬地说，"让，你把树坑都填平，只留下在卢瓦河边的那一排不填，把我买来的白杨树苗栽在那里。河边的树木靠政府出钱施肥浇水。"说着，朝克吕肖那边一笑，鼻子上的肉瘤跟着轻微地一动，等于作了一个挖苦透顶的冷笑。

"明摆着，白杨只该种在荒瘠的地方。"给葛朗台的盘算吓得目瞪口呆的克吕肖随口应付道。

"对了，先生。"箍桶匠话里有刺地答道。

欧也妮只顾望着卢瓦河优美的风景，没有注意父亲的计算，可是，听到克吕肖开口，她不禁侧耳倾听。"哎，好啊，您从巴黎招来了女婿，眼下索姆城里人人都在谈论令侄。我又得草拟一个协议了吧，葛朗台老爹？"

"您……您……您一大……大早出门，就就就为了跟

延伸思考

【语言描写】
这里使用了的大量的省略号，说明说话的断断续续，形象生动地刻画了葛朗台精于计算时专心致志的样子。

延伸思考

【语言描写】
通过欧也妮听到的克吕肖的话，说明克吕肖对夏尔的到来非常在意，悄悄地猜测葛朗台对夏尔的态度。

我说这个？"葛朗台一面说，一面扭动着肉瘤。"唉！那好，我的老伙伙计，不瞒您说，我把您您您想知道的都告诉您吧，我宁可把女……女……女儿……扔……扔进卢瓦河，您明明明白吗？也不……不想把她……嫁给她的堂堂堂弟。您可以……把把这话……说出去。先不说吧，让他们……嚼……嚼舌头去。"

这一席话使欧也妮感到昏晕。在她心中刚开始冒头的遥远的希望曾忽然间像鲜花般怒放，由朦胧而具体，可现在眼看被捏成一团的鲜花统统给割断了，散落在地。从昨晚起，促使两心相通的种种幸福的丝丝缕缕，把她的心拴到夏尔的身上；那么说，今后将要由痛苦来支撑他们了。难道妇女命运，受尽苦难比享尽荣华更显得崇高吗？父爱的火焰怎么会在父亲的心头熄灭了呢？夏尔犯了什么大罪？百思不解！她初生的爱情本来就是深不可测的神秘，如今又包上了重重疑团。她回家时两腿不住地哆嗦，走到那条幽暗的老街，她刚才还觉得充满喜气的，现在却只觉得如此凄凉，她呼吸到了岁月和人事留下的悲怆。爱情的教训她一刻都逃不了。快到家时，她抢先几步去敲门，站在门前等父亲。但是，葛朗台看到公证人手里拿着一份还没有拆封的报纸，问道："公债行情如何？"

"您不肯听我的话，葛朗台，"克吕肖回答道，"赶紧买些吧，两年之内还有两成可赚，再加上高利率，八万法郎的年息是五千。行市是七十法郎一股。"

"再说吧。"葛朗台搓搓下巴颏儿。

延伸思考
【心理描写】当欧也妮听到父亲的话以后，心里所有的美好愿望突然破灭，不由得一阵眩晕，表现了她此时内心非常痛苦。

延伸思考
【对比手法】回家时的凄惨和出门时的喜气洋洋形成鲜明的对比，更加突出欧也妮心中的悲痛。

"天哪！"公证人说。

"什么事？"葛朗台问，克吕肖这时已把报纸送到他的眼前，说："您自己看看这篇文章。"

巴黎商界最受尊敬的巨头之一葛朗台氏，昨天照例前往交易所之后，在寓所以手枪击中脑部，自杀身亡。

此前，他已致函众议院①议长，辞去议员②职务，同时辞去商务裁判法院裁判之职。经纪人洛甘及公证人苏歇的破产，使他资不抵债。以葛朗台氏享有的威望及其信用而论，应不难于在巴黎获得资助。不料这位场面上的人物，竟屈从于一时的绝望，出此下策，令人扼腕……

"我已经知道了。"老葡萄园主对公证人说。

这话让克吕肖顿时感到浑身冰凉。虽然当公证人的都有不动声色的本事，但是他想到巴黎的葛朗台或许央求过索姆的葛朗台支援几百万而遭拒绝，仿佛有一股凉气透过他的脊梁。

"他昨天那么高兴……"

"他还一无所知。"葛朗台依旧镇静地答道。

"再见，葛朗台先生。"克吕肖全明白了，要赶紧去给蓬丰庭长吃定心丸。

葛朗台回到家里，看到早饭已经摆好。欧也妮扑到母亲的怀里，情绪激动地吻了母亲，她的心情跟我们极其苦恼但又无法诉说时一样。葛朗台太太正坐在窗边那张四脚

---

① 两院制议会的下议院名称之一。
② 在议会中有正式代表资格，享有表决权的成员。

垫高的椅子上纺织冬天穿的毛线套袖。

"你们先吃吧，"娜农从楼梯三步并成两步地跑下楼来，说道，"那孩子睡得像个小娃娃，正香着呢。他闭着眼睛的那模样多可爱！刚才我进去叫他。嗨！就像没有人似的，一声不应。"

"让他睡吧，"葛朗台说，"他什么时候醒都赶得上听到坏消息。"

"怎么啦？"欧也妮在咖啡里放了两块糖。天晓得一块重几公分，那是老头儿闲着没事儿把大块切成的小块。葛朗台太太不敢问，只望着丈夫。

"他父亲开枪打碎了自己的脑壳。"

"我叔叔？……"欧也妮问。

"可怜的年轻人！"葛朗台太太失声叫道。

"是可怜，"葛朗台说，"如今他分文没有了。"

"唉！可他现在睡得那么香，好似天下都是他的呢。"娜农说，那语调分外柔和。

欧也妮吃不下早饭。她的心给揪得紧紧的，她生平第一次，为自己所爱的人遭受的不幸，感到切肤之痛，同情的激流泻遍她全身心。可怜的姑娘哭了。

"你又不认识你的叔叔，哭什么？"她的父亲像饿虎一样瞪她一眼，说道。他瞪眼看黄金时的目光想必也是这样的。

"可是，老爷，"女佣人插嘴道，"这可怜的小伙子睡得那么香，还不知道横祸临头，谁见了能不同情啊？"

"我没有跟你说，娜农！别多嘴多舌。"

欧也妮这时才知道，动了情的女人应该隐瞒自己的心迹，她不吭声了。

"等我回来之前，谁也不许给他漏半点口风。这是我的希望，葛朗台太太，"老头儿接着说道，"我现在不得不去叫人把草地挨着大路那边的水沟挖齐。中午回来吃饭的时候，我跟侄儿谈谈与他有关的事情。至于你，葛朗台小姐，要是你为这公子哥儿哭鼻子抹泪，就到此为止吧。他很快就要动身去印度。你以后再也见不到他了……"

父亲从帽子边拿起手套，像往常一样镇静地戴上，一个手指接一个手指地捋妥贴之后，出门去了。

"啊！妈妈，我透不过气来，"欧也妮等房里只剩下她和母亲两人时，失声叫道。"我从来没有这样难受过。"葛朗台太太见女儿面色发白，赶紧打开窗户，让她大口吸气。"我好一些了。"欧也妮过了一会儿说。

平时外表那样冷静和稳重的女儿竟激动到这种地步，葛朗台太太不禁一怔，她凭慈母对娇儿心心相通的直觉，看着欧也妮，同时猜透了一切。确实，她们母女之间关系密切的程度，超过了那一对遐迩闻名的匈牙利孪生姐妹；匈牙利孪生姐妹由于造物主一时的错误身体连在一起，欧也妮和她母亲坐在窗前做女红，到教堂望弥撒，总形影相随，连晚上睡觉都呼吸一样的空气。

"可怜的孩子！"葛朗台太太把女儿的头搂在怀里。

听母亲这声低吟，女儿抬头望母亲，揣摩她没有明说

延伸思考

【语言描写】
突然听到父亲说
要将夏尔送走，
让他去遥远的印
度，欧也妮非常
不忍，表现出她
内心的善良，以
及对夏尔的不舍。

的意思，然后，她问："为什么要送他去印度？他遭受不幸，难道不该留下吗？他不是咱们的亲骨肉吗？"

"是的，孩子，按理说他应该留下，可是你父亲自有道理，咱们应该尊重他的主张。"

母女俩一声不响地坐着，母亲坐在垫高的椅子上，女儿坐在小靠椅里；接着，两人重新拿起活计。欧也妮对母亲如此通情达理，十分感激，禁不住吻了吻母亲的手，说道："你多善良啊，好妈妈！"这话使母亲常受苦而憔悴不堪、老气横秋的脸上绽出了光彩。欧也妮接着问了一句："你觉得他好吗？"

葛朗台太太没有回答，只微微一笑；沉默了半晌之后，她低声问道："你已经爱上他了，是吗？这可不好。"

"不好？"欧也妮反问，"为什么？你喜欢他，娜农喜欢他，为什么我就不该喜欢他？来，妈妈，摆好桌子，等他来吃早饭。"她放下活计，母亲也跟着放下活计，嘴里却说："你疯了！"但是她乐于证明女儿疯得有理，她跟她一起疯。欧也妮叫娜农。

"你还要什么，小姐？"

"娜农，鲜奶油到中午总能搅和出来吧？"

"啊！中午吗？可以了。"老妈子答道。

"哎！那好，给他煮一杯浓咖啡。听德·格拉森先生说，巴黎人喝咖啡都很浓的。给他多放些。"

"哪来那么多咖啡啊？"

"上街买去。"

延伸思考

【语言描写】
欧也妮叮嘱娜
农，专门为夏尔
煮浓咖啡，以迎
合他的口味，可
见她为了夏尔改
变了很多。

"要是碰到老爷呢？"

"他去看草地了。"

"那我快去，不过，我买白蜡烛的时候，费萨尔老板就问了，是不是要招待远道来朝拜耶稣的三王。这样大手脚花钱，城里马上就会传遍的。"

"要是你的父亲看出破绽，"葛朗台太太说，"说不定会动手打人呢。"

"打就打吧，咱们就跪着挨打。"

葛朗台太太没有答话，只抬眼望望苍天。娜农戴上头巾上街去了。欧也妮铺上雪白的桌布，又到顶楼上摘几串她先前出于好玩有意吊在绳子上的葡萄；在过道里她蹑手蹑脚，生怕惊醒堂弟，又不禁在他的卧室门口偷听一下他均匀的呼吸。"他睡得那么甜，哪知祸已临头。"她心里想道。她又从藤上挑绿得鲜灵的叶子，摘了几片，像摆筵席的老手那样把葡萄装扮得格外诱人，然后得意洋洋地把它放上餐桌。她又到厨房把他父亲点过数的梨搜刮一空，把它们堆成金字塔，下面铺垫绿叶。她来来去去，连蹦带跳。她恨不能把父亲家里的东西全都掏尽；可惜什么东西父亲都上了锁。娜农拿了两只新鲜鸡蛋回来，看到鸡蛋，欧也妮想扑上去搂住她的脖子。

"朗德的佃户篮子里有新鲜鸡蛋，我问他要，他为了讨好我就给了，那孩子真机灵。"

费了两小时的心血，欧也妮放下活计二十来次，看看咖啡煮开了没有，听听堂弟起床的动静，她总算张罗出一

延伸思考
【语言描写】
通过娜农转述费萨尔老板的话，从侧面反映了葛朗台的抠门。

延伸思考
【心理描写】
欧也妮听到夏尔均匀的呼吸声，想到他马上就会面对父亲自杀的巨大伤痛，心里充满了怜惜。

顿很简单又不费钱的午餐，只是家庭根深蒂固的老规矩受到了极度的冒犯。照例午餐是站着吃的。每人吃一点面包、水果或黄油，喝一杯葡萄酒。蛋盅一个，白葡萄酒一瓶，又是面包，又是一小碟堆的糖块，欧也妮想到万一父亲赶巧这时进门，会怎样跟她瞪眼，不由得四肢哆嗦起来，所以她不时地望望座钟，暗自计算堂弟在父亲回来之前能不能吃罢这一餐。

"放心吧，欧也妮，要是你父亲回来，一切由我担当。"葛朗台太太说。

欧也妮不禁流下眼泪。

"啊！好妈妈，"她失声叫道，"我对你没有尽孝道呀！"

夏尔哼着歌曲，在房里转着圈儿地绕个没完，终于下楼了。幸亏那时才十一点钟。巴黎人哪！他得那样花哨，好像他是上那位苏格兰旅游未归的贵妇人的爵府里做客似的。他进客厅时那笑容可掬的潇洒神情，同他焕发的青春何等般配，让欧也妮看了又喜又悲。安茹的宫堡梦虽已破灭，但他满不在乎；他高高兴兴地同伯母打招呼：

"您晚上睡得好吗，伯母？您呢，堂姐？"

"很好，侄少爷，您呢？"葛朗台太太说。

"我睡得好极了。"

"您饿了吧，堂弟，"欧也妮说，"坐下吃饭吧。"

"可是中午以前我从来不吃东西，我中午才起床。不过，我一路来吃饭睡觉都太差了，只好随遇而安。再

延伸思考

【语言描写】
葛朗台太太看到女儿时刻胆战心惊的样子，出言安慰她，将一切责任揽在自己的身上，母爱真伟大啊！

延伸思考

【动作描写】
睡醒之后，夏尔在屋里不停地哼着歌转圈，表达出他心里的愉悦，此时的他还不知道自己的命运已经改变了呢！

说……"他掏出名表匠布雷盖制造的精致绝伦的扁平怀表看了看。"嗨！现在才十一点钟，我起早了。"

"早？……"葛朗台太太问。

"是啊，我本来想整理一下东西。好吧，先吃点也好，家养的鸡鸭或者野味竹鸡，随便吃点。"

"圣母啊！"娜农听到这话叫了起来。

"竹鸡。"欧也妮心中盘算着，她甘愿掏尽自己的私房钱为他买只竹鸡。

"过来坐吧。"伯母对他说。

时髦的少爷像靠在长榻上摆姿势的俏女子，懒洋洋地往椅子上一倒。欧也妮和她母亲也端了两把椅子，坐到壁炉跟前离他不远的地方。

"你们一直住在这里吗？"夏尔问道。他觉得客厅比昨天烛光下的模样更难看了。

"是的，"欧也妮望着他答道，"除了收葡萄的时候，我们去帮娜农干活，都住在诺瓦叶修道院①。"

"你们从来不出去走走吗？"

"有时候星期天做完晚祷，又赶上是晴天，"葛朗台太太说，"我们就到桥上走走，或者遇到割草的季节，就去看割草。"

"这儿有戏园子吗？"

"去看戏？"葛朗台太太惊呼道，"看戏子演戏？我的侄少爷哎，您不知道这是该死的罪孽吗？"

---

① 天主教和东正教等教徒出家修道的机构。

"您哪，我的好少爷，"娜农端来鸡蛋，说，"请您尝尝带壳的小鸡。"

"哦！鲜鸡蛋。"跟习惯于奢华的人那样，夏尔早已把竹鸡抛到脑后，"这可是鲜美的东西，有黄油吗？啊，宝贝儿？"

"啊！黄油？给您黄油，我就做不成薄饼了。"老妈子说。

"拿黄油去，娜农！"欧也妮叫起来。

【神态描写】
欧也妮看着意中人切着面包，优雅的动作让自己迷醉，也侧面反映了夏尔是一个风度翩翩的男子，魅力十足。

姑娘细细端详堂弟切面包的动作，看得津津有味，正如巴黎多情的女子看到一出好人伸冤的情节剧，有说不出的痛快。确实，他从小得到有风度的母亲的调教，后来又经过时髦女子的精心磨炼，那一举一动的娇媚、文雅和细腻，简直跟小情妇不相上下。少女的同情和温馨具有一种磁力般的影响。所以，当夏尔发觉自己成了堂姐和伯母关注的对象，他就无法从感情的影响中抽身，只感到她们关切的情意朝他滚滚涌来，简直把他淹没在情意的大海中。他望望欧也妮，那目光因充满善意和温柔而显得十分亮堂，而且笑容可掬。在凝望中他发现欧也妮纯情的脸上五官和谐而优雅，举止清纯率真，明亮而有魅力的眼睛闪出青春洋溢的爱意，却无丝毫肉欲追求的痕迹。

【语言描写】
夏尔感到了来自堂姐欧也妮和伯母的关怀，发现堂姐长得很漂亮，便恭维她的美丽，由此可见他很会讨好女孩子呢。

"说实话，堂姐，您要是穿上盛装坐在歌剧院的包厢里，我敢担保，伯母的话准没错，您会让男人个个动心、女人个个嫉妒，全都非冒犯戒条不可。"

这句恭维话抓住了欧也妮的心，虽然她一点没有听懂，她却快活得心直跳。

"哦！堂弟，您挖苦没见过世面的内地姑娘哪？"

"堂姐，您要是了解我的话，就会知道我多讨厌挖苦人了，这让人寒心，还伤害感情……"说着，他讨人喜欢地咽下一块涂上黄油的面包，"不，我多半没有取笑人家的那份聪明，所以吃了不少亏。在巴黎，要教谁没脸见人，就说这人心地善良。这话的意思是：可怜这小子笨得像头犀牛。但是由于我有钱，谁都知道我用什么手枪都能在三十步开外一枪打中目标，而且是在野外，所以谁都不敢取笑我。"

延伸思考
【语言描写】从夏尔的自述中，可以看出他以前就是一个典型的纨绔子弟，但是枪法却蛮不错，流露出骄傲的情绪。

"您说这话，侄儿，证明您心地善良。"

"您的戒指真漂亮，"欧也妮说，"求您给我看看，不碍事吧？"

夏尔伸手摘下戒指，欧也妮的手指碰到堂弟的粉红色的指甲，羞得脸都红了。

"您看，妈妈，做工多讲究。"

"哦！含金量很高吧！"娜农端咖啡进来，说道。

"这是什么？"夏尔笑问道。

延伸思考
【语言描写】拿到夏尔的戒指，欧也妮心里满是羞涩和欢喜，展露出女孩子的娇羞。

他指着一只椭圆形的褐色陶壶问道。那壶外面涂釉，里面涂珐琅①，四周有一圈灰，壶内咖啡沉底、泡沫翻上水面。

"这是烧得滚开的咖啡。"娜农说。

---

① 用石英、长石、硝石和碳酸钠等加上铅和锡的氧化物烧制成的像釉子的物质。

"啊！亲爱的伯母，我既然来这儿住几天，总得做些好事，留个纪念。你们太落后了！我来教你们用夏塔尔咖啡壶煮咖啡。"

他力图说清夏塔尔咖啡壶的用法。

"啊！有那么多手续，"娜农说，"那得花一辈子的功夫。我才不费这个劲儿呢。啊！是不是？我要是这么煮咖啡，谁替我去给母牛弄草料啊？"

"我替你。"欧也妮说。

"孩子！"葛朗台太太望着女儿。

这一声"孩子"，让三位妇女想起了苦命的年轻人临头的灾祸，她们都不说话了，只不胜怜悯地望着夏尔。夏尔大吃一惊。

"怎么啦，堂姐？"

"嘘！"葛朗台太太见欧也妮正要开口，连忙喝住，"你知道的，女儿，你父亲说过由他亲口告诉先生……"

"叫我夏尔。"年轻的葛朗台说。

"啊！您叫夏尔？这名字好听。"欧也妮叫道。

预感到的祸事几乎总会来临。担心老箍桶匠可能不期而归的娜农、葛朗台太太和欧也妮偏偏这时听到了门锤声：敲得这么响，他们都知道是谁。

"爸爸回来了。"欧也妮说。

她端走了糖碟子，只留几块糖在桌布上。娜农撤掉那盘鸡蛋。葛朗台太太像受惊的小鹿一蹦而起。夏尔看到她们如此惊慌，感到莫明其妙。

"哎！你们怎么啦？"他问。

"我父亲回来了，"欧也妮说。

"那又怎么样？"

葛朗台先生走进客厅，目光锐利地看看桌子、看看夏尔，都看清了。

"啊！啊！你们在给侄儿接风呢，很好，好极了！"他说，不打一点磕巴。"猫一上房，耗子就跳舞。"

"接风？"夏尔心中纳闷，难以想象这一家人的规矩和风尚。

"给我一杯酒，娜农。"老头儿说。

欧也妮端来一杯酒。葛朗台从腰包里掏出一把厚刃牛角刀，切了一片面包，挑上一点黄油，仔仔细细地把黄油涂抹开，然后站着吃起来。这时夏尔正在给咖啡加糖。葛朗台看到那么多糖块，瞪了一眼脸色已经发白的妻子，朝前走了几步，俯身凑到可怜的老太太的耳边，问道："你从哪儿拿的糖？"

"娜农到费萨尔的铺子去买来的，家里没有糖了。"

简直无法想象这一场哑剧给三位妇女造成多么惶恐的紧张气氛。娜农从厨房里赶来，看看客厅里事情怎么样。夏尔喝了口咖啡，觉得太苦，伸手要去拿葛朗台早已收起来的糖。

"你要什么，侄儿？"

"糖。"

"加些牛奶，"家长说，"可以减轻些苦味。"

延伸思考
【语言描写】猜到事情真相的葛朗台，恼羞成怒，用"耗子跳舞"形容自己不在家大家的行为，表达出他内心极度的愤怒。

延伸思考
【动作描写】"掏出""切了""挑上""抹开""吃起来"写出了盛怒之下，葛朗台依然保持着不慌不忙的姿态。

67

欧也妮把葛朗台收起来的糖碟重新拿出来放到桌上，镇静自若地望着父亲。真的，女人为了帮情人逃跑，用纤纤玉手抓住丝绸结成的绳梯那种勇气未必胜过欧也妮重新把糖碟放到桌上去时的胆量。巴黎女子嗣后会骄傲地给情人看玉臂上的伤痕，那上面的每一道受损的血管都会得到眼泪和亲吻的洗礼，由快乐来治愈，这是情人给她的报答。可是夏尔永远也不会得知堂姐在老箍桶匠雷电般的目光的逼视下痛苦得五内俱焚的秘密。

"你不吃吗，太太？"

可怜的太太走上前来恭敬从命地切了一块面包、拿了一只梨。欧也妮大胆地请父亲吃葡萄："爸爸，尝尝我保存的葡萄吧！堂弟，您也吃点儿好吗？我特地为您摘的，瞧这几串多美。"

"哦！要是不制止的话，她们会为你把索姆城掳掠一空的，侄儿。等你吃完饭，咱们去花园走走，我有话要说，那可不是什么甜蜜的事儿。"

欧也妮和她母亲瞅了夏尔一眼，那表情夏尔不可能弄错。

"伯父，您这话是什么意思？自从家母死后……（说到家母他声音软下来）我不可能再有什么不幸了……"

"侄儿，谁能知道上帝要让咱们经受什么痛苦啊？"伯母说。

"得，得，得，得！"葛朗台说，"又胡说八道了。我看到你这双标致白净的手，侄儿，我心里就难受。"他给侄

延伸思考

【语言描写】葛朗台强调夏尔与自己的不同，暗示他从小过着养尊处优、无忧无虑的生活。

儿看老天爷在他小臂的尽头安上的那双像羊肩一样宽大而肥硕的手又说，"瞧，这才是生来捞金攒银的手！你从小学会把脚放进本来应该做钱包的羊皮里，而我们呢，把票据放进羊皮公事包。这可糟得很，糟得很哪！"

"您想说什么，伯父，我若听懂一句，就不得好死。"

"跟我来。"葛朗台说。

守财奴把刀子咔嚓一声折好，喝掉杯底的剩酒，开门往外走。

"堂弟，勇敢些！"

姑娘的口气直让夏尔心寒。他跟在怪吓人的伯父的身后，心头忐忑不安到极点。欧也妮、她母亲和娜农按捺不住好奇心，走进厨房，偷看即将在潮湿的小花园里演出的那场戏的两位主角。伯父先是一声不吭地跟侄儿一起走着。葛朗台要把夏尔父亲的死讯告诉他，本来并不感到为难，但是想到夏尔已落到不名分文的地步，他动了恻隐之心，所以他字斟句酌，力求把残酷的实情说得缓和些。"你已经失去父亲了！"这话等于不说。父亲总比孩子先死。但是，"你已经没有任何财产了！"这句话集中了人世间的一切苦难。老头儿在花园中间那条小径上来回走了三圈，踩得细沙嘎嘎作响。在人生的重大关头，我们的心灵总是紧紧地贴在欢情和惨祸降临的地方。所以夏尔以特别的关注，审视小花园里的黄杨树、飘落的枯叶、剥蚀的墙垣、奇形怪状的果树、种种如画的细节将永远铭刻在他的记忆中，将因激情所特有的记忆功能而同这至高无上的时刻天

延伸思考

【正面描写】葛朗台想到夏尔即将落到不明分文的地步，冷酷无情的心也变得有些柔软，斟酌着如何将痛苦减到最小。

长地久地混合在一起。

"天真热，多么晴朗。"葛朗台吸了一大口气，说道。

"是啊，伯伯，可为什么……"

"这样，我的孩子，"伯父接口道，"我有坏消息告诉你。你的父亲很糟糕……"

"那我还在这儿干吗？"夏尔说，"娜农！"他大声叫道，"叫驿站①备马。我一定找得到车的。"他补充了这句话之后，回头看看伯父，伯父却一动不动。

"车马都用不上，"葛朗台望着夏尔答道。夏尔眼睛呆滞，一声不吭。"是的，可怜的孩子，你猜到了。他已不在人世。这也罢了，更严重的是他用手枪射穿了自己的脑袋……"

"我的父亲？……"

"是的，但这还不算。报纸上更指名道姓地评论这件事。给你，自己看吧。"

葛朗台把从克吕肖那里借来的报纸，塞到夏尔眼前，让他读那篇要命的文章。这时，还是孩子的可怜的青年，正处于感情动辄不加掩饰地外露的年龄，忍不住泪如泉涌。

"哭吧，哭吧，"葛朗台想道，"刚才他直眉瞪眼的，真教我害怕。现在哭出来，就不要紧了。"他提高声音，继续对夏尔说，"可怜的侄儿，这还不要紧，不要紧，"他不知道夏尔是不是在听，"你早晚会从悲伤中恢复过来的。可是……"

① 古代供传递政府文书的人中途更换马匹或休息、住宿的地方。

"不会！永远不会！我的父亲！父亲呀！"

"他把家产全败光了，你已经没有一分钱了。"

"这跟我有什么相干？我的父亲在哪里，我的父亲呢？"

哭声和抽噎声在院墙内响成一片，不仅凄惨，而且嗡嗡地回响不绝。三个女人都感动得哭了：哭和笑一样是会传染的。夏尔不再听伯父继续说下去，他奔到院子里，摸上楼梯，冲进他的卧室，扑倒在床，把头埋进被窝，以便躲开亲人痛快地大哭一场。

"让这第一阵暴雨过去了再说。"葛朗台说着，回到客厅。欧也妮和她母亲早已匆匆坐回原位，用擦过眼泪的、还止不住颤抖的手重新做起活计来。"可惜他年纪轻轻就没有出息，只惦记死人不惦记钱！"

欧也妮听到父亲竟用这样的话来谈论最神圣的痛苦，不禁打了个寒战。从此她开始评审父亲的言行了。夏尔的抽噎声虽然逐渐低沉，但余音仍在屋内回荡；他的深痛的哀号像来自地下，到傍晚才逐渐减弱而完全停歇。

"可怜的年轻人！"葛朗台太太说。

这一声感叹却惹出大祸！葛朗台老爹瞪着妻子、欧也妮和糖碟，他想起了为倒霉的至亲准备的那顿不寻常的午餐，便走到客厅中央站住。

"啊！对了，"他照例不动声色地说道，"希望您不要再大手大脚花钱，葛朗台太太。我的钱不是给您去买糖喂这小混蛋的。"

延伸思考

【语言描写】听到父亲自杀，自己讲要一无所有，夏尔首先想到的是父亲而不是金钱，说明夏尔对父亲存着很深的感情，他的丧父之痛并不是装出来的。

延伸思考

【语言描写】葛朗台的这句话，说明在他的心里，金钱永远都是第一位的，人，尤其是已经去世的人，显得那么一文不值。

"不能怪妈妈，"欧也妮说，"是我……"

"你算是翅膀硬了，是不是？"葛朗台打断女儿的话，说，"居然想跟我作对？欧也妮，你做梦……"

"父亲，您亲弟弟的儿子到您家里总不能连……"

"得，得，得，得！"箍桶匠连用了四个半音阶，"我弟弟的儿子呀，我的亲侄儿呀。夏尔跟咱们不相干，他没有一个铜板，没有一分钱；他父亲破产了；等这花花公子痛快地哭够之后，他就得滚蛋；我才不想让他把我的家弄得天翻地覆呢。"

"父亲，什么叫破产？"欧也妮问。

"破产嘛，"父亲接言道，"就是犯下丢人的错事中最脸面扫地的错事。"

"那一定是大罪呀，"葛朗台太太说，"咱们的弟弟会给打入地狱吧？"

"得了，收起你这套老虔婆的胡说吧！"他耸耸肩膀，对妻子说道，"破产嘛，欧也妮，就是偷盗，很不幸，是一种受到法律包庇的偷窃。有一些人由于纪尧姆·葛朗台守信用和清白的名声，把一批货交给他，他却统统独吞了，只留给人家一双流泪的眼睛。劫道的强盗还比破产的人祸害浅些呢。强盗要抢你的东西，你还可以防卫，他有丢脑袋的风险；可是破产的人……总之，夏尔的脸面算是丢尽了。"

这些话在可怜的姑娘心中轰鸣，字字千钧压在她的心头。她天真清白，犹如密林深处的一朵娇嫩的鲜花，她既

延伸思考

【语言描写】葛朗台直言不讳地告诉妻子和女儿，一无所有的夏尔即将被他送走，这段话将葛朗台的残忍无情刻画得栩栩如生。

延伸思考

【比喻修辞】用森林深处的娇嫩的鲜花比喻欧也妮，突出了她的纯洁和善良。

不熟悉处世之道，也不明白社会上似是而非的推理和拐来拐去的诡辩，所以她接受了父亲对破产有意作出的残忍的解释，其实葛朗台没有告诉欧也妮被迫破产和有计划破产是有区别的。

"那么，父亲，您没有来得及阻止这桩祸事，是吗？"

"我的弟弟并没有跟我商量，况且他亏空四百万。"

"什么叫百万，父亲？"她问，那种天真劲儿，正像是要什么有什么的孩子。

"四百万？"葛朗台说，"就是四百万枚十苏面值的钱。五枚二十苏面值的钱等于五法郎。"

"天哪，天哪！"欧也妮叫出声来，"我的叔叔怎么会有四百万呢？法国还有别人有那么多的钱吗？"葛朗台摸摸下巴，微笑着，那颗肉瘤似乎在膨胀。"那么，堂弟怎么办呢？"

"他要去印度，根据他父亲的遗愿，他得去那儿努力挣钱。"

"他有钱去印度吗？"

"我给他路费……到……是的，到南特的路费。"

欧也妮扑上去搂住父亲的脖子。

"啊！父亲，您真好，您！"

她搂着父亲的那种亲热劲儿，让葛朗台都差点儿脸红了，他的良心有点不安。

"积攒一百万得很多时间吧？"她问。

"天！"箍桶匠说，"你知道什么叫一枚拿破仑吗？

【语言描写】
我们可以从欧也妮的问题中看出，欧也妮的社会知识很少，简直就是一穷二白。

【正面描写】
欧也妮听到父亲说给夏尔路费，很容易满足的她由衷地感到欣喜，看到女儿这么天真善良，葛朗台的心里开始内疚起来。

一百万就得有五万枚拿破仑。"

"妈妈，咱们为他做几场'九天祈祷'吧。"

"我也想到了。"母亲回答说。

"又来了，老是花钱，"父亲叫起来，"啊，你们以为家里有几千几百呀？"

这时，顶楼上隐隐传来一声格外凄厉的哀号，吓得欧也妮同她母亲浑身冰凉。

"娜农，上楼看看他是不是要自杀，"葛朗台说。说罢，他转身望到他的妻子和女儿被他那句话吓得脸色刷白，便说："啊！瞧你们！别胡来，你们俩。我走了。我要去应付荷兰客人，他们今天走。然后我要去见克吕肖，跟他谈谈今天的这些事儿。"

他走了，见葛朗台开门出去，欧也妮和母亲舒了一口气。在这以前，女儿从来没有感到在父亲面前这样拘束；但是，这几个小时以来，她的感情和思想时时刻刻都在变化。

"妈妈，一桶酒能卖多少钱？"

"你父亲能卖到一百到一百五十法郎，听说有时卖到二百。"

"他一旦有一千四百桶酒……"

"说实话，孩子，我不知道可以卖多少钱，你父亲从来不跟我谈他的生意。"

"这么说来，爸爸应该有钱……"

"也许吧。但是克吕肖先生告诉我，两年前他买下了

延伸思考

【语言描写】在听到侄子痛苦的哀嚎之后，葛朗台没有去安慰他，反而要出去，真是一个只认金钱、冷酷无情的人哪！

延伸思考

【语言描写】一桶酒能卖到一百到一百五十法郎，从这个数字我们可以看出葛朗台确实有着不凡的生意头脑。

弗罗阿丰。他手头也紧。"

欧也妮再也弄不清父亲究竟有多少财产，她算来算去只能到此为止。

"他连看都没有看我一眼，那个小宝贝！"娜农下楼来，说道，"他像条小牛伏在床上，哭得像哭丧的圣女，这正是老天保佑了！那可怜的文弱青年多伤心呀？"

"妈妈，咱们赶紧去劝劝他吧。倘若有人敲门，咱们就赶紧下楼。"

葛朗台太太抵挡不住女儿悦耳的声音。欧也妮那么崇高，她成熟了。母女俩提心吊胆地上楼，到夏尔的卧室去。门开着。年轻的小伙子既看不见也听不到有人上来，只顾埋头痛哭，发出不成调的哀号。

"他对他父亲的感情有多深！"欧也妮悄声说道。

她的话音明显地透露出她不知不觉萌动的深情和产生的希望。所以葛朗台太太看了她一眼，目光中充满慈爱，她悄悄对女儿耳语道："小心，你爱上他了。"

"爱上他！"欧也妮接言道，"要是听到父亲上午怎么说的，您就不会说这话了。"

夏尔翻了一个身，瞅见伯母和堂姐。

"我失去了父亲，可怜的父亲！倘若他早把内心的不幸告诉我，我们俩可以同心协力设法挽回。天哪，我的好爸爸！我本以为不久就能再见到他，我现在想来，临别的那天，我没亲亲热热地跟他吻别……"

一阵呜咽切断了他的哭诉。

【语言描写】通过娜农的话，可以想象的出夏尔是多么的伤心，此时的夏尔虽然爱慕虚荣、养尊处优，但是却还是善良的。

【语言描写】夏尔控制不住自己，不停的哭泣，边哭边诉说着自己对父亲的思念，并为自己帮不上父亲的忙而感到内疚不已。

"咱们一定好好地为他祈祷，"葛朗台太太说，"上帝的旨意，您还得服从。"

"堂弟，"欧也妮说，"打起精神来！您的损失既然不可挽回，那么现在就趁早想想如何保全面子……"

欧也妮像对什么事都面面俱到的、即使安慰别人也考虑得很周全的女人那样，自有一种本能；她要让堂弟多想想自己的今后，以此减轻眼前的痛苦。

【正面描写】
这段话对欧也妮进行了直言不讳的赞美，赞美她是一个替人考虑周全、善良的人。

"我的面子？……"青年人把头发猛地一甩，合抱着手臂，坐起来喊道，"啊！不错。伯父说，我的父亲破产了。"他发出撕裂人心的叫声，双手蒙住了脸，"您别管我，堂姐，您走开！天哪，天哪！饶恕我的父亲吧，你一定痛苦至极才轻生的！"

看到他这种幼稚、真实、没有心计、没有思前想后的痛苦的表现，真让人又感动、又害怕。夏尔挥手请她们走开，心地纯朴的欧也妮和她的母亲都懂得，这是一种不要别人过问的痛苦。她们下楼，默默地回到窗前各自的座位上，重操活计；足足一个小时，她们没有说一句话。刚才欧也妮凭她那种一眼能把什么都看清的少女特有的目力，瞥了一眼堂弟的生活用品，她看到了那套精致的梳洗用的小玩意儿：镶金的剪子和剃刀。在悲恸的气氛中流露出这样的奢华气派，也许是出于对比的效果吧，使夏尔在欧也妮看来更值得关切。从来没有这样严重的事件、这样惊心动魄的场面触动过母女俩的想象力；她们长期沉溺在平静和孤独之中。

【侧面描写】
通过欧也妮的眼睛，让读者看到夏尔的生活用品非常高档，侧面反映了夏尔以前的生活非常奢华。

"妈妈，"欧也妮说，"咱们给叔叔戴孝吧。"

"这得由你父亲做主。"葛朗台太太回答说。

她们俩又默不作声了。欧也妮一针一线地做着女红①，有心的旁观者或许能从她有规律的动作中看到她在冥想中产生的丰富的念头。这可爱的姑娘的头一个愿望就是同堂弟分担丧亲之痛。四点钟光景，门锤突然敲响，敲在葛朗台太太的心上。

"你父亲怎么啦？"她对女儿说。

葡萄园主满面春风地进屋。他摘掉手套，使劲地搓手，恨不能把皮搓掉，幸亏他的表皮像上过硝的俄罗斯皮件，只差没有上光和加进香料。他走来走去，看看钟。最后，说出了他的秘密。

"老婆，"他不打磕巴，流利地说道，"我把他们全蒙了。咱们的酒脱手了！荷兰客人和比利时客人今天上午要走，我就在他们住的客栈前面的广场上溜达来溜达去，装得百无聊赖的样子。你认识的那家伙过来找我了。出产好葡萄的园主们都压着货想等好价钱，我不劝他们脱手。那个比利时人慌了。我早看在眼里，结果二百法郎一桶成交，他买下了咱们的货，一半付现钱，现钱是金币。字据都开好了，这是归你的六路易。三个月之后，酒价准跌。"

这最后一句话，他说得很平静，但是话里带刺，入骨三分。这时聚集在索姆中心广场上的人们，被葛朗台的酒已经脱手的消息吓得沸沸扬扬地议论着；倘若他们听到葛

---

① 指妇女所作的纺织、刺绣、缝纫等事。

朗台上面的这番话，非气得发抖不可。慌张的结果可能使酒价下跌百分之五十。

"您今年有一千桶酒吧，爸爸？"欧也妮问。

"对了，乖孩子。"

这是老箍桶匠表示快乐到极点的称呼。

"那就能卖到二十万法郎了。"

"是的，葛朗台小姐。"

"那就好，父亲，您很容易帮夏尔一把。"

当年，巴比伦摄政王伯沙撒用从耶路撒冷掠夺来的圣器饮宴时，墙上出现了"算，量，分"这条谶语。先知解释道："谶语的意思是你的日子已屈指可数，你太轻浮，你的王国将被瓜分。"就在这天夜里，巴比伦陷落，王国被波斯人和米提亚人瓜分。其实，伯沙撒王在看到"算，量，分"这条谶语时的惊愕与愤怒也是无法跟葛朗台这时的一股阴郁的怒火相比。他早已不去想那个宝贝侄儿，却发觉那没有出息的东西竟盘踞在女儿的心里、蹲在女儿的算计中。

"啊！好啊，自从那个臭小子踏进我的家门，这里的一切都颠倒了。你们大摆阔气，买糖果，摆宴席，花天酒地。我可不答应。我这把年纪，总该知道怎么做人吧！况且用不着我的女儿或是什么别人来教训我吧！对我的侄儿，应该怎么对待，我就会怎么对待，你们谁都不必插手。至于你，欧也妮，"他转身对她说，"别再跟我提到他，否则我让你跟娜农一起住到诺瓦叶修道院去，看我做得到做不到。你倘若再哼一声，明天就送你走。那小子在哪儿？下楼没有？"

"没有，朋友。"葛朗台太太答道。

"没有？那他在干什么？"

葛朗台瞪了一眼女儿，想不出话来说她。他好歹是父亲。在客厅里转了几圈之后，他急忙上楼，到他的密室去考虑买公债的事。他那一千三四百公顷的森林齐根砍下的林木，给了他六十万法郎的进益；再加上白杨树的卖价，上一年度和这一年度的收入以及最近成交的那笔二十万法郎的买卖，总数足有九十来万法郎。公债一股七十法郎，短期内就可以赚到百分之二十的利息，这笔钱引得他跃跃欲试。他就在刊登他兄弟死讯的那张报纸上，将一笔笔数目推算，侄儿的呻吟他充耳不闻。娜农上楼来敲敲密室外的墙壁，请主人下楼，晚饭已经摆好。在过厅，跨下最后一级楼梯时，葛朗台仍在心中盘算："既然能赚到八百的红利，这桩买卖就非做不可。两年之内，我可以从巴黎取回一百五十万法郎的金币。"

"哎，侄儿呢？"

"他说不想吃，"娜农回答道，"真是不顾身体。"

"省一顿也好。"主人说。

"可不是吗？"她接话。

"得了！他不会永远哭下去的。饿了，连狼都得钻出树丛。"

晚饭静得出奇。

延伸思考

【数字说明】这一段用到了大量的数字，用具体的数字说明葛朗台这一年的收益颇丰，证明他有着大量的金钱，精通生意经。

延伸思考

【语言描写】
从葛朗台夫妻俩的对话中，将葛朗台吝啬、无情无义的性格特点再次展示到读者面前，为了省钱居然可以连孝服都不买。

"好朋友，"葛朗台太太等桌布撤走之后说道，"咱们该戴孝吧？"

"真是的，葛朗台太太，您光知道出新鲜主意花钱。戴孝要戴在心里，不在乎衣裳。"

"但是，为兄弟戴孝是省不过去的，再说，教堂也规定咱们……"

"用您的六路易去买孝服吧，您给我一块黑纱就行了。"

延伸思考

【正面描写】
爱情带来的美好感觉终于战胜了长期以来的压抑，欧也妮逐渐产生了反抗的心思。

欧也妮一声不响地抬眼望望天。一向受到压抑而潜伏在她的内心的慷慨的倾向，突然苏醒了：她有生以来第一次感到自己的感情时时刻刻受到损害。这天晚上表面上同他们单调生活中的无数个晚上一样，但是，实际上这是最可怕的一晚。欧也妮只顾低头做活儿，没有动用昨晚被夏尔看得一文不值的针线盒。葛朗台太太纺织袖套。葛朗台转动着大拇指，一连四个小时，在心中盘算了又盘算，盘算的结果肯定会在明天让索姆人都大吃一惊的。那天谁也没有上门做客。城里无人不在沸沸扬扬地议论葛朗台的厉害、他兄弟的破产和他侄儿的到来。出于对共同利益议论一番的需要，索姆城里中上阶层的葡萄园主都聚集在德·格拉森先生的府上，对前任市长肆意谩骂，其恶毒的程度无以复加。娜农纺她的麻线，纺车的咿呀声成了客厅灰色楼板下独一无二的音响。

"咱们都不用舌头了。"她说，露出一排像剥了皮的杏仁那样又白又大的牙齿。

"咱们都该节省,"葛朗台从沉思中惊醒过来,回答说。他仿佛看到自己置身于三年以后的八百万财产之中,在滔滔的金河里航行。"睡觉吧。我代表大家去跟侄儿说声晚安,再看看他想不想吃点东西。"

葛朗台太太站在二楼的楼道里,想听听老头儿跟夏尔说些什么。欧也妮比她母亲更大胆,还朝上走了几级楼梯。

"嗨,侄儿,你心里难受。那就哭吧,这是常情。父亲总归是父亲。但是咱们应该逆来顺受。你在这儿哭,我却已经在为你着想了。你看,我这当伯父的对你多好。来打起精神!你想喝一杯吗?在索姆葡萄酒不值钱,这儿的人请人喝酒就像印度人请人喝茶一样。但是,"葛朗台继续说,"你这里没有点灯。不好,不好!什么事得看清楚才行。"葛朗台走向壁炉,"嗨"地叫起来,"这儿有支白蜡烛,哪儿来的白蜡烛?为了给这个男孩子煮鸡蛋,那几个臭娘儿们都舍得拆我的房屋的楼板!"

听到这话,母女俩急忙躲回自己的房间,钻进被窝,动作之快,像受惊的耗子逃回耗子洞一样。

"葛朗台太太,您有聚宝盆吧?"男人走进妻子的房间问道。

"朋友,我在做祈祷呢。有话待会儿再讲。"可怜的母亲声音都变了。

"让你的上帝见鬼去吧!"葛朗台嘟囔道。

大凡守财奴都不信来世,对于他们来说,现世就是一切。这种思想给金钱统帅法律、控制政治和左右风尚的现今这个时代，投下了一束可怕的光芒。**金钱驾驭一切的现象在眼下比任何时代都有过之而无不及**。机构、书籍、人和学说，一切都合伙破坏对来世的信仰，破坏这个千八百年以来的社会大厦赖以支撑的基础。现在，棺材是一种无人惧怕的过渡，在安魂弥撒之后等待我们的未来吗？这早已被搬移到现在。以正当和不正当手段，在现世就登上穷奢极欲和繁华享用的天堂，为了占有转眼即逝的财富，不惜化心肝为铁石，磨砺血肉之躯，就像殉道者为了永恒的幸福不惜终生受难一样，如今这已成为普遍的追求！这样的思想到处都写遍，甚至写进法律；法律并不质问立法者"你怎么想？"而是问"你付多少钱？"等到这类学说一旦由资产阶级传布到平民百姓当中之后，国家将变成什么样子？

"葛朗台太太，你做完祈祷了吗？"老箍桶匠问。

"朋友，我在为你祈祷。"

"很好！晚安。咱们明天一早再谈。"

可怜的女人像没有做好功课的小学生，睡觉时害怕醒来看到老师生气的面孔。正当她担惊受怕地裹紧被窝，蒙住耳朵准备入睡，这时欧也妮穿着睡衣，光着脚板，溜到她的床前，来吻她的额头。

"啊！好妈妈，"女儿说，"明天，我跟他说，都是我干的。"

"不，他会把你送到诺瓦叶去的。让我对付，他总不能吃了我。"

【概括描写】
很简单的一句话，高度概括出了社会上金钱高于一切，人们盲目崇拜金钱的恶劣现象非常普遍。

【打比方】
用没有做好功课害怕老师训，来形容葛朗台太太此时的心情，突出了她心里的恐惧。

延伸思考
【语言描写】
地砖上潮湿，一句话表达出了葛朗台太太作为一个母亲对女儿的关心和爱护。

"你听见了吗，妈妈？"

"听见什么？"

"他还在哭哪。"

<u>"上床睡吧，孩子。你的脚要着凉的，地砖上潮湿。"</u>

事关重大的一天就这样过去了。它将永远压在这位既富有又贫穷的女继承人的心头，整整一生再难减轻。从此她的睡眠再没有从前那样完整，那样香甜。人生有些事情倘若诉诸文字往往显得失真，虽然事情本身千真万确。可是，人们难道不是经常对心血来潮的决断不做一番心理的探索、对促成决断所必需的神秘的内心推理不加任何说明吗？或许欧也妮发自肺腑的激情要在微妙的肌理中去剖析，因为这种激情，用出言刻薄的人的调侃话来说，已经变成一种病态，影响了她的整个存在。许多人宁可否认结局，也不肯掂量一下在精神上这件事和那件事暗中联结的<u>千丝万缕、千纽百结、丝丝入扣</u>的力量究竟有多大。所以，说到这里，观察人性的诸君会看到，欧也妮的前半生等于一张保票[①]，她不假思索的天真和突如其来洋溢的真情，的确据实可信。过去的生活越平静，感情中最精妙的感情，女性的怜悯之情，在她的心中也就越发蓬勃滋生。所以，被白天发生的事弄得心乱如麻的欧也妮，夜间多次惊醒，聆听堂弟有无声息，仿佛又听到了从白天起一直在她心里回荡不已的一声声哀叹。她时而设想他悲伤得断了气，时而梦见他饿得奄奄一息。天快亮的时候，她确实听

延伸思考
【概括描写】
这句话写了欧也妮心乱如麻，以及她对夏尔的担心，突出了她的善良。

① 旧时为保证他人的行为或财力而定的字据。

到了一声吓人的叫喊。她连忙穿好衣服凭借似明未明的晨光，脚步轻轻地赶到堂弟那边去。房门开着，蜡烛已经燃尽。被疲劳制服的夏尔和衣靠在椅子上，脑袋倒向床边，已经睡着了。他像空着肚子上床的人那样在做梦。欧也妮尽可以痛快地哭一场，尽可以细细观赏这张由于痛苦而变得像石头一样冷峻的秀美的脸蛋和那双哭累了的眼睛，睡梦中的他仿佛仍在流泪。夏尔感应到欧也妮的到来，睁开眼睛，看到她亲切地站在跟前。

"对不起，堂姐，"他说；显然他不知道现在几点钟，也不知道身在何处。

"这里有几颗心听到了您的声音，堂弟，我们还以为您需要什么呢。您该躺到床上去，这么窝着多累人哪。"

"倒也是。"

"那就再见吧。"

她逃了出来，为自己敢上楼又害臊又高兴。只有心无邪念才敢做出这样冒失的事。涉世一深，美德也会像恶念一样锱铢①计较。欧也妮在堂弟跟前没有哆嗦，一回到自己的房里，她的腿却支持不住了。无知的生活突然告终，她思前想后，把自己狠狠地埋怨一番。"他会怎么看我呢？他会以为我爱上了他。"这恰恰又是她最希望的。坦诚的爱情自有其预感，知道爱能产生爱。独处深闺的少女居然悄悄溜进青年男子的卧室，这事多么非同寻常！在爱情方面，有些思想行为对于某些心灵而言不就等于神圣的婚约吗？

---

① 指很少的钱或很小的事。

一小时之后，她走进母亲的房间，像平时一样侍候母亲起床穿衣。然后，母女俩坐到客厅窗前的座位上，等待葛朗台，内心充满焦虑，就像有人由于害怕责骂，由于害怕惩罚，而吓得心冰凉，或者心发热，或者心缩紧，或者心扩张，这由各人气质而定；这种情绪其实十分自然，连家畜都感觉得到，它们因自己粗心而受了伤能一声不吭，挨主人打，有一点儿疼就会哇哇乱叫。老头儿下楼来了，但是他心不在焉地跟太太说话，吻了吻欧也妮，就坐到桌子跟前，看来已经忘记了昨晚的恐吓。

"侄儿怎么样啦？他倒是不烦人。"

"老爷，他还在睡。"娜农回答说。

"那好，用不着点蜡烛了。"葛朗台话中带刺地说道。

这种反常的宽大，这种说挖苦话的兴致，弄得葛朗台太太深感意外。她聚精会神地看看丈夫。老头儿……话到这里，应该向读者说明，在都兰、安茹、普瓦图和布列塔尼等地方，老头儿这一我们已经多次用来指葛朗台的称谓，既可用于最残忍的人，也可用于最悲哀的人，只要他们到一事实上年纪，都能通用。这一称谓并不预示个人的仁慈。言归正传，老头儿拿起帽子、手套，说："我去市中心广场遛遛，跟克吕肖叔侄碰碰头。"

"欧也妮，你父亲心中肯定有事。"母亲对女儿说。

正如他妻子所想，他心中确实有事。像所有的守财奴一样，他需要跟人勾心斗角，赚他们的钱，使自己名正言顺地瞧不起那些任其搜刮的弱者。

延伸思考

【正面描写】葛朗台太太和欧也妮为夏尔所特别准备的东西被发现了，常年逆来顺受的习惯让她们非常害怕，心里忐忑不安，充满焦虑。

延伸思考

【语言描写】自己的亲兄弟去世了，亲侄子还沉浸在痛苦之中，葛朗台却仿佛与自己无关一样，只关心着自己的生意，将他的冷酷无情展露无遗。

葛朗台老头昨晚睡了没有多久。在那灰色的堂屋角上，他想出了一套阴谋诡计，准备耍弄巴黎人，开他们的玩笑，折磨他们，捉弄他们，叫他们疲于奔命，有所希冀又急得脸色苍白。他要挽回亡弟的声誉，但又无需他自己和他侄儿花一个钱。他的现金可以存放出去，三年为期，而他自己只消管理管理田产就行。为此，他需要找个借口来达到目的，兄弟的破产不就是现成的借口吗？为了夏尔的利益，他要巴黎人在他面前发抖，而自己又可不花一文钱就当个十分讲义气的哥哥。

父亲出去了，欧也妮高兴极了。因为她可以公开地关心她的堂兄弟，对他表示同情，而无需躲躲闪闪了。她三番五次地跑到他卧室门口去听动静，看看他是否在睡，是否已经睡醒。等他起床之后，奶酪、咖啡、鸡蛋、水果、盘子、杯子……一切与早餐有关的东西，都成了她操心的对象。她再次爬上破旧的楼梯去看动静：他是否在穿衣服？他还在哭吗？

还有她母亲，慈祥、体弱的母亲，等夏尔的卧室收拾完后，也同她一齐进去照料这不幸的孩子。两个女人在宗教中寻出许多理由，为她们的行为辩护。夏尔·葛朗台受到这两个女人最亲切最温暖的照顾。他那颗受伤的心深切地感受到了这两颗纯洁的灵魂所给予的真挚情谊和无微不至的体贴。

夏尔看到伯母和堂姐对他深切和热忱的关怀，非常感动。他对巴黎社会了若指掌，知道以他目前的处境，肯定

延伸思考
【动作描写】
欧也妮对夏尔的真心关怀，让夏尔深深感动，他激动得热泪夺眶而出，此时他的心里满满的都是感激。

延伸思考
【正面描写】
欧也妮的真心付出，让夏尔暂时遗忘了丧父之痛，体会到年轻人之间的淡淡的甜蜜，正是两个人爱恋的开始。

会受人冷眼。因此，欧也妮在他眼里成了美的化身。当她从娜农手中接过咖啡、奶酪，端给堂兄弟并亲切地望了他一眼时，夏尔的眼泪不禁夺眶而出，捧着她的手亲吻。

"哎呀，你又怎么了？"她问。

"噢！我感激得流泪了。"

欧也妮突然转身跑到壁炉架前去拿烛台，同时对娜农说："娜农，来，把烛台拿走。"

当她回头再望着堂兄弟的时候，脸上还红着呢，不过眼神已经平静，不致泄露她内心的喜悦，但是，两人的目光，正如他们的心灵一样，已经交融在同一思想中了，那就是：未来是属于他们俩的。这番柔情蜜意，夏尔觉得特别甘美，尤其是他遭了大难，对此早已不存奢望的时候。

大门上锤子响了一下，立刻唤醒她们必须回到楼下去。幸亏她们下楼跑得很快，等葛朗台进来的时候，两人已经拿上活计了。

老头儿急急忙忙地吃完午饭之后，那个管田庄的，由于至今没有领到早先答允给他的津贴，从弗罗阿丰赶来了，顺便带来了数条在河塘里打来的鱼和几只在大花园里打来的兔子。

"哈！哈！亲爱的科尔诺阿，这玩意儿好吃吗？"

"好吃得很呢，亲爱又慷慨的先生，打来才两天。"

"来，娜农，"老头儿说，"把这些东西替我收下吧。今天晚上就做，我要请两位克吕肖吃晚饭。"

娜农瞪着两只大眼，呆呆地望着大家。

当屋里只剩下葛朗台太太和欧也妮的时候，母亲对女儿说：

"肯定有什么大事。我们结婚到现在，这是你父亲第三次请客。"

四点左右，欧也妮和母亲摆好六个人的刀叉时，夏尔进来了。他脸色苍白，无论是举动、目光还是说话的声调，都显得悲悲戚戚、郁郁寡欢，那样子别有一番妩媚。他的痛苦并非假装，而是发自内心，特别能引起女人的爱怜。欧也妮因此越发爱他了。兴许是不幸的遭遇使他与她更接近的吧？夏尔不再是那个腰缠万贯的美少年，而是一个被上流社会拒之门外的穷亲戚。两个年轻人彼此用眼睛说话，靠眼睛相互理解。他，一个可怜的孤儿，默默地、一声不响但高傲地坐在一个角落里，堂姐那温情脉脉的目光不时地落在他身上，迫使他不得不抛开一切愁绪，而随她一起奔向希望和未来的广阔田野。

葛朗台请克吕肖吃饭的消息，这时已轰动了全城，比他前天背信弃义地把酒卖掉更加激动人心。德·格拉森他们很快就知道了夏尔父亲的死讯和可能破产的消息，决定当天晚上就到他们的主顾家去吊唁①和慰问，顺便探听一下他们邀请几位克吕肖共进晚餐的原因。

五点整，克吕肖·德·蓬丰所长和他的老叔公证人，穿得整整齐齐地来了。大家立刻入席，葛朗台神情严肃，夏尔缄默不语，欧也妮一声不吱，葛朗台不比平时多开

_____
① 祭奠死者并慰问家属。

【语言描写】
葛朗台太太说这是这么多年来仅有的第三次请客，一、显示出她对丈夫的了解。二、突出葛朗台的极度吝啬。

【对比手法】
夏尔从腰缠万贯的翩翩美少年，一夜之间变成了一无所有的穷小子，突出了反差之大，说明世事变化无常。

口，真是一顿名符其实的丧宴。

吃完晚饭后，夏尔先行告退，葛朗台太太和女儿也随即回房去了。这时戏才正式开场，葛朗台老头使出有生以来的浑身解数来表演他的圆滑。他谈到自己深爱的胞弟，想要挽回他的声誉，不叫他破产。他结结巴巴地反复解释……说他自己无法去巴黎……说他在弗罗阿丰和索姆……有许多事要处理……说他根本不懂法律……他心里暗想："你来帮我拿主意呀！"

克吕肖所长最后答应自己去巴黎跑一趟，说："好吧，不出几个月，我就可以用较少的钱将期票赎回并进行清理……我替你去巴黎，旅费归你出，那用不了多少钱。"

葛朗台的鼻子和那块肉瘤又抽搐了一下，可见他心里像下暴雨似的十分激动。正在这时，德·格拉森一家来了。公证人见他们来挺高兴，于是告诉他们葛朗台先生准备挽救兄弟名誉的事。

"啊！这可是咱们外省人的荣誉哪。"公证人说。

"不过，亲爱的葛朗台，"德·格拉森立即说，"这是件生意上的事，与银行很有关系。必须一位十分熟悉计息的行家才行。我正好有事去巴黎，可以顺便替你……"

"过来，"葛朗台打断他的话，顺手将他拉到一旁说。等他们两人来到堂屋一个角落里时，他接了下去，"喂，在你们两人之间，我当然更信任你啰。再说，我还有一件事要托你办呢。我想买些公债，大概有几万法郎，不过我只能出八十法郎的价钱。据说月底行市会跌，对吗？"

"那当然！这么说，我得替你收进几万法郎的公债啰？"

"嘘，小声点。开始的时候，我想小做做。我不想让人知道我要做这种生意。月底买进怎么样？千万别告诉克吕肖他们，他们会不高兴的。前天你说过几天要去巴黎，请你替我可怜的侄儿探探风声。"

"就这样吧，"德·格拉森大声说，"我明天动身，什么时候再来见你呢？"

"五点钟吧，吃晚饭前。"葡萄园主搓着双手说。

两家的主要人物一齐走了，把早上葛朗台出卖当地葡萄园主的叛节行为早已忘到了脑后，一心想刺探对方，在这件事情上葛朗台究竟在玩什么新花招。

不多一会儿，葛朗台慷慨地决定同时在三家人家传播开了。到了第二天早晨，全城的人都在议论这桩手足情深的感人事迹。葛朗台叛变葡萄园主偷偷出售自己存酒这件事，大家都加以原谅，一致敬佩他的义气，赞美他的慷慨大度。

葛朗台一关上大门就把娜农叫了来，在十一点钟的时候，看田庄的科尔诺阿赶着破车来了，于是，在娜农和他的帮助下，葛朗台装了满满一车极重极重的一只只布袋。临走前，他对娜农说：

"告诉太太我下乡去了，晚饭回来吃……科尔诺阿，快走，明晨九点前还要赶到昂热呢。"

早晨他在码头上听人家说，南特城里接了大批建造船只的生意，金价因此涨了一倍，商人们于是纷纷来到昂热购买黄金。葛朗台听了便一个钱也不花，向佃户借了几匹马，将家里的藏金装到南特城抛售。

名|家|点|评

葛朗台将弟弟去世的消息告诉了夏尔，夏尔悲痛不已，这更让欧也妮心痛，于是想尽办法去关心爱护夏尔。她的付出赢得了夏尔的好感，葛朗台先生却致力于赚钱之中，乐此不疲。

拓展训练

1. 葛朗台将自己的存酒卖出去，对于所有的商人们来说属于一种什么样的行为？

2. 在这一章中，葛朗台打算将资金投入到什么行业中呢？

3. 葛朗台的投资，带动了昂热什么行业的飞速发展？

第四章　吝啬鬼的阴谋

名家导读

　　葛朗台带动了昂热的黄金热，但是他向德·哈格森打探关于公债的事项，那么他到底想要将资金投入到什么行业呢？又会带来怎样的后果呢？

　　车走了，索姆城已经酣睡，葛朗台家中又变得寂静无声。被车声吵醒了的欧也妮已经起来，因为她听到了堂弟卧室里传来了呻吟声，门缝里漏出一道细光。她往上爬了两级楼梯，心里在想："他还在痛苦呢。"

　　这时她又听到了他的呻吟，赶紧奔到他卧室门口，推开虚掩着的房门。她看到夏尔睡在旧靠椅上，脑袋耷拉在椅外，手中的笔已经掉下，胳膊几乎碰到地板上。

　　"他一定累坏了。"欧也妮自言自语道。她看到了桌上有两封摊开的信，开头写着"我亲爱的阿内特……"几个字，使她大吃一惊，心头直跳。"他亲爱的阿内特！他有爱人了，有人爱他了！没有希望了！他对她说些什么呢？"

　　"不，我不能看这封信。我应该走开……可是，要是

延伸思考

　　【动作描写】"奔""推"这两个动词，生动地表现了欧也妮听到夏尔痛苦的呻吟之后匆忙跑去看他的样子。

延伸思考

　　【心理描写】欧也妮看到了信开头的称呼，"亲爱的"这个词让她变得非常敏感，以为夏尔已经有了爱人，心里非常吃惊。

看了又怎么样呢？"

她望着夏尔，轻轻地把他脑袋扶到椅背上。他像孩子一样任你怎么摆布也不会醒的，仿佛睡熟的时候也认得自己母亲似的任她照料。欧也妮也像当母亲那样，把他奄拉在地的手扶到胸前，也像当母亲那样吻了吻他的头发。

"亲爱的阿内特！"她耳朵里仿佛又听见有人叫着这几个字。她想：

"我知道看别人的信是不应该的，不过，我还是想看。"

她转过头去，良心在责备她，善与恶第一次在她心中同时出现。此前，她从未做过一件有亏于心的事儿，可现在她却被激情和好奇心所征服。她读了那封诀别信，虽说词句冷漠，但她觉得是封写得最美的信。快读完时，她高兴得跳了起来，喊道："他决心离开她了；圣母玛丽亚！噢！太好了！"夏尔身子动了一下，吓得她直哆嗦，幸亏他没有醒。她又接着往下念：

"……而且我可以告诉你，在这里，在我索姆的伯父家里，我遇到一位堂姐，她的举止、相貌、思想、心地都会使你喜欢的，而且我觉得她"欧也妮看到信写到这里突然断了，心想："他一定是累极了，所以才没有写完。"

她在找理由为他辩护呢！这位纯洁无邪的姑娘，她怎么能知道这封信为什么会写得如此冷漠无情呢？在虔诚气氛中长大的少女，一旦踏进了爱情的迷人世界，一切在她眼里都成了爱情。她们的心灵柔情如水，一片光明，她们不仅自己在光明的爱河里漫游，而且还用这光明去沐浴她们所爱的人。她们以自己纯洁的感情去看待爱人的美，以自己的美好思想去思忖所爱的人。"我亲爱的阿内特，我最最亲爱的人"这几个词，在欧也妮的心中竟然成了最美的爱情语言；而且夏尔的眼睛还噙着泪水，更显出他的心地是多么高尚。可是，夏尔是个在巴黎长大的青年，巴黎的风气加上阿内特本人的身教言传，他早已习惯于精打细算，表面上虽是个年轻的小伙，实际上已是个老谋深算的老人，这一点，欧也妮又怎么知道呢？他受的是巴黎社会那可怕的社会教育，在那个社会里除弱肉强食外，无信条可言。如果有的话，那就是：什么也不信，不信感情，不信人言，不信事实；那就是：一早起来就掂量朋友的钱袋；对一切事情都像政客①一样不动声色；对任何事物都不加赞赏，包括艺术和崇高的行为；待人接物，个人利益高于一切。

在父母溺爱和社会奉承中长大的夏尔，根本谈不上有什么崇高的感情。母亲在他心中播种的金子般的品德早已磨损殆尽。但是，他毕竟只有二十一岁。在这个年纪上，声音、目光、相貌，与他的感情尚不一致。所以当一个人眼神清澈如水，额上尚无皱纹的时候，纵使最无情的法官，也不敢贸然断定他的心已老于世故。几乎所有的年轻姑娘都醉心于外貌的风采，而且她堂弟此时的举止、言语、行为与情感还处于内外一致的时候，欧也妮又怎么

① 指从事政治投机，玩弄权术，谋取私利的人。

能猜透他的为人呢？不幸的是，她在偶然之间看到了这封信，看到了信中流露出的最后几丝真实的美好情感。于是，她放下她自认为充满爱情的信，满怀爱心地端详着熟睡的堂兄弟：首先暗暗发誓要始终如一地爱他……

"亲爱的堂弟！"最后她终于喊了一声，迈着碎步回房去了。到了房里，她快活得什么似的打开旧木柜的抽屉，取出那只她祖母留给她的大钱袋，自豪地掂了掂钱袋的分量，高高兴兴地数起了她自己的小小积蓄。

她望着这些父亲经常让她拿出来欣赏并给她讲解其做工精细的旧金币，既没有想到这些金币的珍贵，也没有想到花掉它们的危险，因为心中想的只是自己的堂弟。她不无困难地数呀数的，最后终于数出共两千枚金币，值五千八百法郎。看到自己这么富有，她高兴得拍起手来，完全像个孩子。这样，父子俩都在计算自己的家私：父亲是为了拿黄金去卖，欧也妮呢，是为了给她自己心爱的人。数完之后，她将金币放回钱袋，第二天天一亮她就将它送给了堂兄弟。

"瞧！"她打开钱袋说，"这是一个可怜的姑娘的积蓄，她根本没有用处。夏尔，你收下吧。堂兄弟跟兄弟差不多，你总可以借用姐姐的钱吧？"

半是少女半是成人的欧也妮，不曾想到他会拒绝，可是堂兄弟呆呆地一声不出。

"怎么，你不肯收吗？"欧也妮问。静寂中可以听到她的心跳得很厉害。见他仍不吱声，她便双膝跪下，说：

延伸思考

【正面描写】欧也妮拿着自己的钱袋，忽略了金币本身的价值，也忽略了父亲带给她的压力，一心想要为自己的爱人付出，帮助他脱离困境。

延伸思考

【对比手法】葛朗台的计算是为了拥有更多的钱财，欧也妮的计算是为了帮助自己爱的人，两个人截然不同的目的，更突出了欧也妮的善良和淳朴。

"你不收，我就不起来！弟弟，求你说一声，回答我呀！……让我知道你肯不肯赏脸，肯不肯……"

一听到这高尚心灵发出的绝望呼声，夏尔不由得落下泪来，掉在欧也妮手上，他正扶着她的手不许她下跪。欧也妮手上受到这几颗热泪，立刻跳起，把钱倒在桌上。

"那么你收下了，嗯？"她快活得哭着说，"什么也不用怕，弟弟，你将来会发财的。这些金子会给你带来好运的。以后你可以还我哟。"

"是的，欧也妮。"夏尔终于开了口，"如果我再不接受，我的心胸也未免太窄了。可是不能没有条件：以针换针，以心换心呀。听我说，好姐姐，我这里有……"说到这里，他指了指柜上装在皮套里的一只方盒子，"你瞧，这里有一样东西，我看得比生命还宝贵。这只金盒子是我母亲送我的礼物。今天早上起我就在想，要是她能从坟墓里走出来，也一定会亲手将这盒上的黄金卖掉的，但是我永远没有权利卖掉它。不！"

说到这儿，他们俩用湿润的眼睛对望着。接着，他又说：

"不！我不愿将它带在路上去冒险。亲爱的欧也妮，我将它托付给你吧！"

他过去拿起盒子，卸下皮套，揭开盖子，伤心地给欧也妮看。那手工的精巧，远远超过了黄金本身重量的价值。他从里面掏出两张肖像，说：

"这是我母亲，这张是我父亲，也就是你婶婶和叔

【语言描写】看到夏尔答应收下自己为他准备的钱，欧也妮激动得哭了，可是她没有想到的是，这笔钱给夏尔和她的命运带来了多大的变化。

【语言描写】夏尔将母亲留给自己的最看重的遗物交给欧也妮保管，这也算是他对欧也妮变相的承诺。

叔。欧也妮，如果我死了，同时断送了你这份小小的家私，那么，请你保存这只金盒子。至于两张肖像，我只能交给你一个人，只有你才有资格保留。不过，我一旦要是死了，那你一定要将它们销毁，决不能落到第二个人手里……"

听了堂兄弟这些话，她望了他一眼，仿佛热恋中的女子第一次望着她的爱人。夏尔握住她的手，吻了吻。突然，他像想起了什么似的，说：

"啊！我怎么会破产的呢？"

"不用急，我父亲有钱呢，我想。"欧也妮回答说。

"可怜的孩子，他要有钱就不会让我父亲死了，也不会让你的日子过得这么苦……总之，他就不会像现在这样生活拮据了。"

"可是，他有弗罗阿丰呢。"

"弗罗阿丰能值多少？"

"我不知道，可是他还有诺阿伊耶啊。"

"那只是些收入甚少的租田。"

"还有葡萄园和牧场……"

"那更谈不上了。"夏尔满脸瞧不起的神气，"你父亲要真有钱，你会住在这间又冷又寒酸的卧室里吗？"

葛朗台太太看见女儿午饭前陪着夏尔散步，忧虑重重。欧也妮见了对她说：

"父亲要到吃晚饭的时候才回来呢。"

傍晚五点光景，葛朗台从昂热回来了。正如他所预计

【语言描写】
夏尔认为自己的伯父根本就没有多少钱财，因为他看到他们一家人生活的非常节俭，所以说很多事情不能光看表面的啦！

延伸思考

【语言描写】
夏尔始终认为葛朗台根本就谈不上富有，从最后的那句反问句上就可以看出他内心对葛朗台充满了鄙视，看不起。

的那样，他的金子全以高价卖出去了，而且把科尔诺阿留在昂热，照料那几匹累得要死的马，等将它们养好了再慢慢赶回来。

"太太，我从昂热回来啦。"他说，"肚子饿得咕咕叫呢。"

娜农在厨房里嚷道：

"从昨天到现在，你还没有吃过东西吧？"

"对了。"老头回答说。

娜农给他端来了菜汤。全家正在吃饭的时候，德·格拉森来听取他主顾的吩咐来了。葛朗台至今还没有看见自己的侄儿。

"你先吃饭吧，葛朗台，"银行家说，"咱们等会儿再谈。你知道昂热的金价吗？有人还特地从南特赶去收购呢。我想送些去抛售。"

"不必了，"老头回答说，"抛的人够多的了。咱们是知交，不能让你白跑一趟。"

"可是金价涨到了十三法郎五十生丁哩！"

"应该说曾经到过这个价钱。"

"你大概刚从那儿回来吧？"

"昨天晚上我赶到昂热去了。"葛朗台低声回答说。

银行家惊得目瞪口呆，不由得打了一个寒噤。接着，两人低声嘀咕起来。当老箍桶匠告诉银行家，让他替自己买进一百五十万法郎公债时，德·格拉森又惊得直瞪眼睛。接着，两人都望着夏尔，葛朗台大声对夏尔说：

延伸思考
【语言描写】通过葛朗台和太太两人的对话中得知，葛朗台两天没有吃饭，真是一个舍命不舍财的人哪！

延伸思考
【神态描写】这几句话主要写了德·格拉森听到葛朗台说的话之后的反应，突出了他内心的震惊。

"亲爱的侄儿，谢谢德·格拉森先生吧，他要去巴黎料理纪尧姆·葛朗台商行的事情。"

"难道还有什么希望吗？"夏尔问道。

"嗨！"箍桶匠很逼真地装出一付自豪的样子说，"你不是我的侄儿吗？你的名誉就是我们的名誉。你不是姓葛朗台吗？"

夏尔听了立刻站了起来，脸色苍白，抓住葛朗台的手吻了一下就走了出去。欧也妮望着父亲，钦佩得五体投地。

"好了，再见，亲爱的德·格拉森，一切拜托了，先把那些人骗上钩再说。"

说完，两人握了握手，老箍桶匠把银行家一直送到大门口，然后关了门回来。他心里激动万分，根本坐不下来，干脆站了起来，望着德·拉贝尔·泰利埃尔的肖像，踏着娜农所谓的舞步，唱起歌来：

在法兰西警卫队里，

我的好爸爸曾在那里服务……

娜农、葛朗台太太、欧也妮，目瞪口呆地你望着我，我望着你，因为老头儿快活到极点的时候，她们总是怕得心里七上八下的。歌舞晚会很快就结束了，因为第一，葛朗台老爷要早睡，而他一睡觉，家里人都跟着睡觉；其次，娜农、葛朗台太太、欧也妮也已疲倦不堪。至于葛朗台太太，一向是依照丈夫的意志睡觉、吃喝、走路的。

第二天早上八点钟，全家人又聚在一起吃早饭。共同的不幸使葛朗台太太、欧也妮与夏尔在思想感情上更为接近，连娜农也不知不觉地爱上了他们，四个人开始成了一家人。至于老葡萄园主葛朗台，眼见花花公子不久就要动身，除了去南特的路费外不用他多花一个钱，所以再也不必把他放在心上了。他任这两个孩子（他这样称呼夏尔和欧也妮）自由自在地行动，因为还有葛朗台太太管着呢。牧场和道旁的土沟需要整理，卢瓦尔河旁要种白杨，弗罗阿丰和葡萄园里还有许多冬天的活儿要干，他没有功夫再去管旁的事。

延伸思考
【侧面描写】
牧场、河畔和葡萄园都有好多的活要干，暗示了葛朗台的家产非常富有。

自从欧也妮半夜里把自己的私产送给堂兄弟之后，她的心也跟着私产一起去了。两人已经心心相印，因此幸福得仿佛生活在另一世界。两人的心已经贴得那么近，难道不允许他们喃喃细语、含情脉脉吗？

在水井旁边，在寂静的院子里，坐在园里的长凳上，或者静谧得宛如教堂的屋里，夏尔终于懂得了爱情的圣洁。他喜欢这屋子，也不觉得这屋里人的生活习惯如何可笑了。

延伸思考
【动作描写】
夏尔和欧也妮的心在慢慢地向对方靠近，爱情带给他们丝丝甜蜜，让他们两个感到幸福。

他清早就下楼，趁葛朗台没有来分配食粮之前跟欧也妮谈上一会儿；一听到老头儿的脚步声在楼梯上响起，他马上溜进花园。这清晨的幽会，连欧也妮的母亲都蒙在鼓里，而娜农呢，则装做什么也没有看见，为世界上最纯洁的爱情添上几分偷尝禁果的欢快。

而欧也妮这位可怜的少女呢，心里甜滋滋的，陶醉在爱情的幸福中。

每过一天，总有什么小事提醒他们俩：离别的时刻已经逼近。一会儿夏尔被葛朗台带到初级裁判所去，一会儿又把他领到市政府去签一些文件，以便领取出国护照①。

有天晚上，老头回到家里时，看见夏尔手中捧着金子，不由得眼睛一亮，问道：

"这是干什么？"

"先生，"夏尔回答说，"我的全部首饰，凡是值点钱儿的，都在这里了。可是，在索姆城里，找谁也不认识，想请你……"

"想叫我买下来吗？"葛朗台打断他的话说，"给我吧，侄儿。我到楼上去给你估一估告诉你一个准确的价钱，差不了一生丁。这是首饰金，值不了多少钱！"

夏尔把母亲留给他的一付镯子送给堂姐。又把一只金顶针送给了葛朗台太太（那是她想了一年又一年而没有得到的东西），在欧也妮激动得眼中发热的时候，竟然没有勇气阻止夏尔亲吻她的胸脯。

"啊！夏尔，这样不好！"她说。

"我们不是结婚了吗？"他回答说，"你对我起过誓，现在就接受我的誓言吧。"

"我是你的，永远永远！"这句话双方都说了两遍。

世界上再没有比这个誓约更纯洁的了：欧也妮这颗圣洁的心，这时终于打动了夏尔的灵魂。第二天早晨，早饭吃得凄凄凉凉的。娜农虽说得到了夏尔送她的绿色金绣睡

> **延伸思考**
>
> 【概括描写】夏尔将母亲留给自己的珍贵的镯子和金顶针送给了欧也妮母女俩，说明在他的心里母女两人已经占据了很重要的地位。

---

① 国家主管机关发给出国执行任务、旅行或在国外居住的本国公民的证件，证明其国籍和身份。

衣而心花怒放，这时也不由得落下了同情的眼泪。

公证人克吕肖在车旁见到了他们。

"欧也妮，你不能哭。"母亲嘱咐她说。

"亲爱的侄儿，"葛朗台边拥抱夏尔吻他的双颊边说，"祝你光身而去，满载而归。你父亲的声誉绝不会受到损害。我，葛朗台向你保证，因为到时候就靠你……"

"啊！亲爱的伯父，难道这不是你送我的最好礼物吗？"夏尔打断了伯父的话说，脸上挂满了感激的泪水。实际上，他根本没有听懂老箍桶匠的意思。欧也妮使劲握着堂弟和父亲的手。只有公证人在那儿微笑，暗暗佩服葛朗台的手腕高明，因为只有他才明白老头儿葫芦里卖的什么药。四个索姆人，周围还有几个穷人，站在驿车前一直等到它出发。待到车子在桥上消失的时候，老箍桶匠才说了声：

"一路顺风！"

幸而只有克吕肖公证人才听到这句话。

索姆的银行家到了巴黎，听说是为偿还巴黎葛朗台商行债务来的，所以债主们也就不大吵大闹了。德·格拉森来后不久，立即将债权人召来开会。大家心想："索姆的葛朗台会偿还的！"六个月悄悄过去了，一直等到九个月以后，德·格拉森才偿还给每个人欠款的百分之四十七，而且这笔款项还是把已故葛朗台的证券、动产、不动产以及一切零星杂物变卖得来的。这次清账数目清清楚楚，无可挑剔，债权人全都承认。接着债权人要求偿还余下的部

延伸思考

【解释说明】因为葛朗台和公证人之间的狼狈为奸，所以他很清楚葛朗台最真实的想法，也从侧面说明葛朗台送侄子出国并不是像他说的那样光明正大。

延伸思考

【心理描写】这是所有的债权人的心理话，他们都寄希望于索姆的葛朗台能够将自己的钱财全部偿还，哪里知道事情的真相会是怎样呢。

分，他们写了一封全体签名的信给葛朗台。

"哼，这个哟……"老箍桶匠把信往火里一扔，"哥儿们，耐心等着吧。"

葛朗台的回答是要求重新清理一下他兄弟究竟还欠多少债，并将全部债权文件存放在一位公证人处。有的债权人反对，有的同意，但必须有条件。于是，经过一而再再而三的、反复长时期的信件来往，债权人终于同意将证件全部交出，放在公证人处，虽然不免有些牢骚。纪尧姆·葛朗台死后两年差一个月后，许多商人把到期应付的款项也忘了，即便想到，也记不清具体数目。

第三年年终，德·格拉森写信给葛朗台，葛朗台商行只欠二百四十万法郎了。葛朗台回信说，害死他兄弟的公证人和经纪人，他们还活着！他们可能有钱。我们必须对他们起诉，逼他们拿出些钱，减轻我们的负担。

第四年终了，欠款的数目讲定了十二万法郎。后来又经过六个月的反复磋商，等到索姆的葛朗台被逼到非付不可的时候，在那年的第九个月，他又回信说他侄子在印度发了财，来信表示要全部还清亡父所欠的债务。所以他不能擅自了结这笔债，要等侄子回音。

第五年过了一半，债权人还是一无所获。老奸巨猾的箍桶匠心中沾沾自喜，总是皮笑肉不笑地说："这些巴黎人！……"几个月又过去了，事情还是老样子，毫无进展。

在此期间，公债已涨到一百一十五法郎，葛朗台老头抛了出去，从巴黎提回二百四十万法郎的黄金，加上公债上已经到手的复利六十万法郎，一齐倒进了密室的木桶。

德·格拉森爱上了巴黎的一位女演员，再也不回索姆来了。阿道尔夫也跟着到巴黎去了，据说变得很下流。克吕肖他们终于胜了。

"你丈夫真糊涂，"葛朗台以很高的利息借一笔款子给德·格拉森太太时说，"我真替你抱屈，你倒是个贤慧的太太。"

"啊！先生，"可怜的女人回答说，"他从府上动身去巴黎的那一天，有谁能料到他从此走上了邪路呢？"

"太太，真是冤枉，直到最后我还拦着不让他去呢。当时所长先生极想亲自出马去的。现在我们才知道他为什么争着要去了。"

这样，葛朗台认为他再也不欠德·格拉森任何情分了。

【语言描写】葛朗台利用了德·格拉森，现在却反过来标榜自己，揭露了葛朗台伪善的面目。

延伸思考

名｜家｜点｜评

葛朗台与德·格拉森狼狈为奸，利用职务之便谋求私利。并且葛朗台成功地将侄子送走，丢掉了夏尔这个大包袱，写出了葛朗台的冷酷无情，以及在生意上的精明。

1. 欧也妮送给了夏尔多少钱？

2. 夏尔送给欧也妮和她的母亲什么礼物？

3. 在这一章的最后，葛朗台的财产达到了多少？

第五章　家庭的苦难

名家导读

德·格拉森借了葛朗台的高利贷，这给他的家庭带来了很大的变化，成为他的家庭苦难的导火索。

在任何情况下，女人的痛苦总比男人多，程度也更深。男人有力气，而且他的能量有机会发挥；活动、奔走、思考、瞻望未来，并从未来中得到安慰，夏尔就是这样；但是女人待在家里，跟忧伤形影相伴，没有什么事情可以排遣忧伤，她一步步滑到忧伤开启的深渊的底部，测量这深渊，而且往往用祝愿和眼泪把这深渊填满，欧也妮就是这样。她开始认识自己的命运。感受，爱，痛苦，献身，这永远是女人生活的内容。欧也妮整个成了女人，只缺少女人能得到的安慰。她的幸福，就像是外墙上稀疏的钉子，永远捡不满一把，填不满手心。忧伤倒是不劳久等，接踵而来。夏尔动身后的第二天，葛朗台家在众人看来已恢复常态，只有欧也妮一人觉得突然空荡荡的。瞒着父亲，她要让夏尔的卧室保持他离开时的模样。葛朗台太

延伸思考

【比喻修辞】用稀疏的钉子形容此时欧也妮的幸福非常少，暗示她的处境很不好。

太和娜农乐意充当她的同谋。

"谁知道，他会不会回来得比预料要早些呢？"她说。

"啊！我正希望在这儿见到他，"娜农回答说，"我侍候他惯了！他多和气，是个十全十美的少爷，说他俏也行，一头鬈发跟姑娘似的。"欧也妮望望娜农。

"圣母哎！小姐，您眼神像灵魂入了地狱似的！可别这样瞅人家。"

从那天起，再加上得到爱情的妇女所具备的那种尊严，她眉宇间透出一处画家们用光环来表现的光彩。堂弟到来之前，欧也妮可以比作受胎前的圣女；堂弟走了之后，她就像当了圣母的玛丽亚：她已感受到了爱情。在一些西班牙画家的笔下，前后两个玛丽亚被表现得如此不同又如此出神入化，成为基督教艺术中最丰富、最光辉的形象之一。夏尔走后的第二天，她从教堂望完弥撒回家（在望弥撒时，她许愿要天天来教堂），路过书店，她买了一幅世界地图；她把地图挂在镜子的旁边，为的是跟随堂弟一路去印度，为的是一早一晚可以置身于堂弟乘坐的船上，见到他，向他提出上千个问题，问他："你好吗？难受吗？当你看到那颗你曾教我认识到它的美丽和用途的星星的时候，你一定想到我了吧？"早晨，她在核桃树下出神，坐在那条蛀孔累累、覆盖青苔的板凳上，在那里他俩曾说过多少甜言蜜语，说过多少傻话，他们还曾一起做过终成眷属的美梦。遥想未来，仰头望着墙上的一角青天，然后又向那面破旧的外墙望去，望到夏尔卧室上面的屋顶。总

【语言描写】从娜农的话里，可以看出夏尔给她留下了非常好的印象，得到了大家的喜爱。

【解释说明】这几句话说明欧也妮买世界地图的原因，说明在她的心里已经将夏尔当做了自己的丈夫，心时刻跟随着夏尔。

之，这是孤独的爱情，真正的爱情，它持续不断，潜入了种种思念，变成了生命的本质，或者用老一辈人的话来说，变成了生命的材料。当葛朗台老爹的那些自称朋友的人晚上来打牌的时候，她装得高高兴兴，隐瞒着真实的心情；但是整个上午，跟母亲和娜农只提夏尔。娜农明白，她可以同情小姐的苦恼，同时不玩忽对老东家的职守。她对欧也妮说："我要是有个真心对我的男人，我甘心……跟他进地狱。我甘心……那个那个……我甘心为他而毁了自己。可是……我没有这样的男人。我到死都不知道人生一世是怎么回事儿。小姐，您想得到吗？那个老头儿高诺瓦叶，人倒是挺好的，他老围着我转，看上了我的钱，正等于那些来巴结您的人，其实是嗅到了老爷金元宝的气味。我心中有数，因为我这人，心可细呢，别瞧我胖得像塔楼；哎，我的小姐，虽然那算不上爱情，我也挺高兴。"

两个月过去了。过去那么单调的日常生活由于对秘密的巨大关切而活跃起来，秘密也使三位妇女的关系更亲密。在她们的心目中，夏尔还在这间客厅的灰色天花板下走来走去，仍然住在这里。一早一晚，欧也妮打开梳妆盒，端详婶婶的肖像。有一个星期天的早晨，她正从两幅肖像中寻找夏尔的相貌特征时，被母亲撞见。葛朗台太太到那时才得知出远门的人用这件礼物换取了欧也妮私房钱的可怕的秘密。

"你都给他了？"吓坏了的母亲问道，"你父亲过年的时候要看你的金子的，到那时候你怎么跟他交待？"

欧也妮的眼睛定住了，母女俩足足有半天惶恐得要命，糊里糊涂地错过了正场弥撒，只好去做读唱弥撒。三天之后，一八一九年就要结束。三天之后一件惊心动魄的大事就要发生，一出没有毒药、匕首，没有血流成河的布尔乔亚悲剧就要上演；但是，对于剧中人来说，这出悲剧比希腊神话中赫赫有名的阿特柔斯王族后裔的惨绝人寰的遭遇更为残酷。

"到时候咱们怎么过这一关啊？"葛朗台太太把活计放到膝盖上，对女儿说。

延伸思考

【语言描写】葛朗台太太非常震惊，为女儿的行为感到惊讶，想到葛朗台的吝啬，心里就惶恐不安，不知道该如何应对。

两个月来，可怜的母亲受到那样多的干扰，弄得她过冬要用的羊毛袖套一直没有织完。这件小事，表面上无关紧要，对她却造成悲惨的后果。由于没有袖套，她在丈夫一次大发雷霆时，吓出一身汗之后，偏偏又着了寒。

延伸思考

【直接叙述】一件很小的事情，就给葛朗台太太造成了不小的伤害，暗示葛朗台先生的脾气非常不好，也是一个极度自私之人。

"我想过了，可怜的孩子，要是你早告诉我这件秘密，咱们还来得及写信给巴黎的德·格拉森先生。他或许有办法给咱们寄回一批跟你的金币相仿的金币；虽然你父亲熟悉你的金币，也许……"

"咱们哪有那么多钱去弄金币呀？"

"我可以拿我的财产作抵押。再说，格拉森先生可能会为咱们……"

"现在来不及了，"欧也妮声音都变了，闷声闷气地打断母亲的话，"明天一早，咱们不上他的房间去，祝他新年好吗？"

"可是，孩子，为什么我不能去找克吕肖想想办法呢？”

"不行，不行，这等于把我送进他们的罗网，以后咱们得听他们摆布了。况且，我主意已定。我做得对，我不后悔。上帝会保佑我的。听天由命吧。啊！要是您读了他的信，您也会只为他着想的，母亲！"

第二天一早，一八二〇年正月初一，母女俩无法脱身的恐怖反倒使她们灵机一动，想出一个不郑重其事去葛朗台房间拜年的最自然的借口。一八一九年到一八二〇年之间的冬天是那一时期最冷的冬天，屋顶上积满了雪。

葛朗台太太一听到丈夫的房里有响动，便说道："葛朗台，叫娜农给我的房里生点火吧；我在被窝里冻僵了。我这年纪，要多加保重了。还有，"她顿了片刻，说，"让欧也妮一会儿也到我房里来穿衣裳吧。这种天气，可怜的孩子在她自己的房里梳洗会得病的。待会儿我们到客厅壁炉边再给你拜年吧。"

"得，得，得，得，说得多好听！你这叫开门大吉吧，太太？你从来没有这么能说会道呀。没准你已经吃过一片泡酒的面包了吧？"沉默了一阵，"哎！"妻子的话大概让他有所感化，老头儿又说，"就按您的意思办吧，葛朗台太太。你真是个贤惠的妻子，我可不愿意让你在这个年纪有什么三长两短，尽管拉倍特里埃家的人一般都硬朗得像老牌水泥。嗯？你说是不是？"停顿片刻，他喊道，"总而言之，咱们得了人家的遗产，对他们家的后代我总是宽容的。"说罢，他咳了几声。

【语言描写】这句话写出了欧也妮的决心，对自己的付出不后悔，体现了她对夏尔的用情深厚。

【语言描写】天气寒冷，却依然狠心地不让自己的亲生女儿取暖，体现了葛朗台的狠心。

"老爷，您今天早晨挺开心吧。"可怜的女人口气严肃地说。

"我总是挺开心的，

开心，开心，开心，箍桶匠，

快修补您的脸盆多欢畅！"

他一边唱着，一边衣冠楚楚地走进妻子的卧室；"不错，好家伙，倒真是干冷干冷的。咱们今天吃顿好饭，太太。德·格拉森给我寄来了香菇鹅肝酱，待会儿我到驿站去拿。他准还捎带一枚面值加倍的拿破仑送给欧也妮，"箍桶匠凑在妻子耳边说道，"我已经没有金子了，太太。我本来倒还有一批古钱的，这话也就只能对你说说；但是为了做生意，只能都花了。"说罢，他吻了一下妻子的额头，表示祝贺新年。

"欧也妮，"慈母叫道，"不知你父亲朝哪一面侧身睡的好觉；总之，他今天一早脾气真好。唉！咱们能过关的。"

"老爷怎么啦？"娜农走进女主人卧室准备生火。"他先是对我说：天天如意，年年快乐，大蠢货！到我老婆子屋里生火去，她冷。他伸手给我一枚六法郎崭新的硬币，我都傻了！太太，您瞧，看到没有？哦！他真好。怎么说，他也是个要面子的人。有的人越老越吝啬，可是他，就像您做的果子酒一样，挺和顺，而且越陈越好。他真是个十全十美的好人儿。"

葛朗台快乐的秘密，在于他的投机生意完全成功。

德·格拉森先生扣除了老箍桶匠为十五万荷兰证券贴现欠他的一笔钱和他为老箍桶匠买进十万法郎公债垫付的零头之后，托驿车把一个季度利息余下的三万法郎带给了葛朗台，同时还报告说公债继续上涨。当时的市价是八十九法郎一股，到一月底，最赫赫有名的资本家们都肯出价九十二法郎收进。葛朗台在两个月中赢利百分之十二，他已经把账算清，从今以后他每半年坐收五万法郎，不必付税，也没有什么补偿性的花费。内地人一般对公债有一种难以克服的反感，可是葛朗台终于弄清了这笔投资的好处，他发觉自己五年之内可以不必太费心机，连本带利，成为一笔六百万法郎资本的主人，再加上他几处地产的价值，势必构成一笔了不起的财富。新年给娜农六法郎，也许是对老妈子不自觉帮了东家大忙的酬金。

"哦！哦！葛朗台老爹一清早就像去救火似的，要上哪儿去？"忙着开店门的商人们心里嘀咕道。后来，他们又见他从驿站回来，身后跟着一个送邮件的脚夫，推着装满大包小包的独轮车。

"水总是往河里流，老头儿刚才是奔着钱去的。"有人说。

"钱从巴黎、从弗罗阿丰、从荷兰，往他家滚呢。"另一个说。

"他早晚会买下索姆的。"第三个人高声嚷道。

"他都不怕冷，总忙着做生意。"有个女人对自己的男人说。

延伸思考
【数字说明】
"盈利百分之十二，半年坐收五万法郎"这些数字说明葛朗台在公债上的投资回报非常丰厚。

延伸思考
【比喻修辞】
像去救火似的，比喻葛朗台走出去时的样子，突出了他走的非常匆忙。

"哎，哎，葛朗台先生，要是您拿着碍事，我替您减轻这负担。"

"倒也真重！都是些铜板。"葡萄园主说。

"响当当的钱。"脚夫低声说道。

"你想要我照顾照顾吗？那就管好你那张臭嘴。"老头儿开门时对脚夫说。

"啊！老狐狸，我还以为他耳朵聋。"脚夫想道，"看来赶上冷天他耳朵倒灵了。"

"给你二十个铜板的酒钱，你就闭上嘴滚吧！"葛朗台对他说，"娜农会把独轮车还给你的。……娜农，娘儿俩望弥撒去了吗？"

"是的，老爷。"

"来，抬抬你的爪子，来干活，"他喊着，把大包小包往她那边送。不一会儿，钱都运进了他那间密室，他把自己关在里面。"开饭的时候，你就敲敲墙叫我。现在你把独轮车送回驿站去。"

一家人到十点钟才吃饭。

"你父亲不会要你拿出钱到这里来看的。"葛朗台太太做完弥撒在回来的路上对女儿说，"还有，你要装得怕冷。等到你生日的那天，咱们就有时间把你的钱袋凑满了……"

葛朗台下楼时想着怎么才能把刚收到的钱迅速地变成硬梆梆的金子；想到自己在公债上面投机倒把得如此得法，他决定把全部收入都投入，直到行市涨到一百法郎一股为止。这算盘对欧也妮太不利。他一进客厅，母女俩便

延伸思考

【语言描写】葛朗台先生责骂轿夫"臭嘴"，说话很不客气，表现出他为人很蛮横、飞扬跋扈。

延伸思考

【动作描写】将钱全部都运到密室里去，以便于自己随时把玩，表达出他对金钱的痴迷程度。

祝他新年快乐；女儿扑到他的怀里，装痴撒娇，葛朗台太太一本正经，庄重得体。

"啊！啊！孩子，"他亲了女儿的两腮，"我操劳都是为了你呀，你看到了吗？……我要你幸福。要幸福就得有钱。没有钱，全都落空。给你，又是一枚全新的拿破仑，是让人从巴黎捎来的。好家伙，家里一点儿金子都不剩了。只有你还藏着金子。拿出来给我瞧瞧，宝贝儿。"

"嗨！天太冷，咱们吃饭吧。"欧也妮回答说。

"哎，那好，吃完饭再看，是不是？能助消化。德·格拉森那个胖子居然弄来这样的美味儿，"他又说，"那咱们就先吃，孩子们，咱们没有花钱。他不错，对德·格拉森，我很满意。这老滑头帮了夏尔的忙，而且是尽义务。他把可怜的死鬼兄弟的事情办得很好。嗯……"他塞满一嘴，歇了片刻，说，"好吃！吃呀，太太。这起码够得上两天的营养呢。"

"我不饿，我虚弱得很，你是知道的。"

"啊！知道！你尽管把肚子塞足，放心，撑不破的。你是拉倍特里埃家的后代，身子骨硬朗。你倒确实又黄又瘦，可是我就爱黄颜色。"

等着当众处死的含羞忍辱的死囚，也不比等待饭后大祸临头的母女俩更惊恐欲绝。老葡萄园主越是谈笑得起劲，母女俩就越加心里发紧。做女儿的倒还有一个依靠，她可以从爱情中汲取力量。

"为了他，为了他，"她心里默念道，"我千刀万剐也

119

甘心。"

想到这里，她望了几眼母亲，眼光里闪着勇敢的火星。

"把这些都撤走，"葛朗台在十一点钟左右刚吃完饭就对娜农说道，"桌子不要动。我们要痛痛快快地看看你的小金库，"他望着欧也妮说道，"说小，其实也不算小，光从面值算你就有五千九百五十九法郎了，再加上今天早晨的这四十法郎，差一法郎就是六千。好，我给你一法郎补足六千。因为，你知道乖孩子……哎，你怎么不听我们说话，抬腿走吧。娜农，干你的事去。"老头一发话，娜农赶紧溜走。

"你听我说，欧也妮，你得把你的金子给我，爸爸要你给，你不能不给，知道吗，我的小乖乖？"母女俩都不说话。

"我没有金子了，从前有过，现在没有了。我还你六千法郎现款，利息足算。你照我的吩咐办，把钱放出去。现在再别想什么压箱钱了。等我嫁你出去的时候，这也快了，我要给你找个未婚夫，给你一笔本地从来没有听说过有那么多的压箱钱。听话，乖乖。现在机会难得，你可以拿你的六千法郎买公债，每半年你能得二百法郎的利息，还不用付税，不用花什么费用，不怕冰雹、霜冻，不怕发大水，旱涝保收。也许你舍不得跟金子分手吧，是不是，小乖乖？还是去给我拿来吧。以后我再给你攒，荷兰的、葡萄牙的、莫卧儿的、热那亚的，再加上你每年过节我给的，不出三年，你又能重建这小金库的一半了。怎么样，好孩子？抬起头来。快去拿，心肝儿。你真该过来亲亲我的眼睛，因为我告诉了你怎么生怎么死的奥秘：钱有去有来，会出汗，会生产。"

欧也妮站起来，朝门口走了几步，又突然转过身来，定睛望着父亲，说道："我的金子，没有了。"

"你的金子没有了！"葛朗台叫起来，而且像听到十步之外炮声的马匹一样，两腿一挺，站住了。

"是的，没有了。"

"你糊涂了吧，欧也妮。"

"没有了。"

"奶奶的熊！"

每当箍桶匠吼出这句咒语，楼板总要发颤。

"啊哟，老天爷！太太脸都吓白了。"娜农叫道。

"葛朗台，你发火，早晚把我吓死。"可怜的女人说。

"得，得，得，得，你们家的人哪，是死不了的！……欧也妮，你把金子弄到哪里去了？"他扑上去吼道。

"父亲，"女儿伏在葛朗台太太膝前，说道，"我妈很不舒服。您看，别把她逼死了。"

葛朗台看到妻子平时蜡黄的脸完全发了白，也害怕了。

"娜农，扶我上床去，"母亲有气无力地说道，"我要死了。"

娜农赶紧过去搀扶，欧也妮也上去架住，她俩费尽力气，才把葛朗台太太扶上楼，因为她几乎每上一级楼梯都

【比喻修辞】听到欧也妮说没有金子了，葛朗台直挺挺地站立着，突出了他心里的震惊和难以置信。

【语言描写】这句话表现了葛朗台内心极度的愤怒，"得，得，得，得"写出了他的不耐烦和怒气。

要倒下。葛朗台独自留在客厅。可是，不多一会儿，他登上七八级楼梯阶，仰脖嚷道："欧也妮，母亲躺下之后，你就下来。"

"好的，父亲。"

她劝了一会儿母亲，便下楼了。

"孩子，"葛朗台说，"告诉我，你的金子哪里去了？"

"父亲，如果您送给我的东西，不能由我完全做主，那您拿回去吧。"欧也妮冷冷地说，并找到那枚拿破仑，送到葛朗台的跟前。

葛朗台一把抓过拿破仑，塞进自己的荷包。

"我想，我以后再也不会给你东西了。连这个也不给！"说着，他用大拇指的指甲盖，在门牙上弹了一下。"你不把你父亲看得高于一切，父亲也就不成其为父亲了。金子在哪里？"

"父亲，尽管您脾气大，我还是爱您、尊敬您的。但是我要大胆地提醒您一句，求您千万包涵：我都二十二岁了。您常说，我成年了，为的是让我知道我已经不再是孩子。我用我自己的钱，做了我喜欢做的事，您就放心吧，钱放在好地方……"

"什么地方？"

"这是秘密，不能逼供，"她说，"您不是也有自己的秘密吗？"

"我是一家之长，我不该有我的事要办吗？"

"我也有我的事要办。"

延伸思考
【动作描写】
"抓过""塞进"两个词用的非常恰当，刻画的是葛朗台将一枚拿破仑据为己有时的样子，将他贪婪的性格表达出来。

延伸思考
【语言描写】
欧也妮的这段话，说明她已经从一个逆来顺受的小姑娘，变成了一个勇敢的人，一个有独立意识的人。

"准不是什么好事，所以才不能对父亲说，葛朗台小姐！"

"是地地道道的好事，就是不能告诉父亲。"

"起码得告诉我你什么时候把金子拿出去的吧？"欧也妮摇头。

"你生日那天东西还在，是不是？"欧也妮由于爱情变得狡猾，跟她父亲因为吝啬而变得狡猾一样；她仍然摇头。

【语言描写】欧也妮用了反问的语气，巧妙地回答了父亲故意刁难的问题，爱情让她变得聪慧而狡猾起来。

"从来没见过这样的死心眼，这样的偷盗。"葛朗台的声音越喊越高，震得房子里一层层地发出回响。

"什么！在我的房子里，在我的家里，有人居然拿走你的金子！家里仅剩的金子！我能不知道是谁拿的吗？金子是值钱的东西。最老实的姑娘也可能做错事，把什么都送人，在贵族大户人家，乃至于普通百姓家，都会发生这样的事。但是，把金子送人……你把金子送人了是不是？"

欧也妮不动声色。

【语言描写】看到女儿始终不肯妥协，告诉他金子的去向，葛朗台变得愤怒起来，在他的眼里，金子比亲人还要重要。

"没见过这样的丫头！我还是不是你爸爸？你要是把金子借给别人，总得有张收条①吧……"

"我还有没有自由做我想做的事情？那钱是不是我的？"

"可是你还小。"

"成年了。"

葛朗台给女儿堵得哑口无言，脸色发白。他跺脚，咒

——————
① 收到钱或东西后写给对方的字据。

骂，好不容易找到话说，大声嚷起来："你这该死的、歹毒的丫头！啊！你这坏种，你知道我疼你，你就胡来。这丫头要勒死亲爹了！敢情好呀！你居然把咱们的家产扔到那个穿羊皮靴子的小光棍的跟前。奶奶的熊！我不能取消你的继承权，要命的桶！但是我要咒你，咒你的堂弟，咒你的儿女！你们都不得好结果，听见没有？要是你给了夏尔，那就让……哦不，这不可能。什么！是那个油头粉脸的坏小子偷走我的钱财？"他望着始终冷冷地不出一声的女儿。

"她一动不动，眉头也不皱一皱！她比我葛朗台还葛朗台。你起码不会把金子白扔吧。你倒是说呀！"

欧也妮瞧着她父亲，那带刺的目光惹恼了他。

"欧也妮，你是在我家，在你父亲家里。你如想继续住下去，就得服从我的命令。神甫告诫你要服从我。"

欧也妮垂下了头。

"你在我最心疼的骨节上来伤我的心，除非你屈服，否则我再不想见你。回你房里去吧。不让你出来你就不能出来。娜农会给你送去面包和水的。听见没有？走！"

欧也妮哭作一团，忙跑到母亲床前。葛朗台在花园里踏着雪转了好几圈，都没有感到逼人的寒气。他想现在女儿一定在她母亲的房里；他要当场抓住她违抗命令出出气，于是他像猫一样轻地爬上楼梯，闯进妻子的卧室，正好赶上看到母亲抚摸着伏在怀里的女儿的头发。

"别哭了，可怜的孩子，你父亲的气会消下去的。"

"她没有父亲了，"箍桶匠说，"不就是你跟我生了个这么不听话的女儿吗？教育得好呀，还教她信教呢。怎么，你不在自己的房里？快走，蹲禁闭，小姐。"

"您要把女儿从我怀里夺走吗，老爷？"葛朗台太太抬起由于发烧而通红的脸说。

"您要留她在身边，那就把她领走，你俩都从这屋里出去。天打雷劈的，金子在哪里？落在谁的手里？"

欧也妮抬头，高傲地望了父亲一眼，回到她自己的房里去了。老头儿连忙把门锁上。

"娜农，"他吼道，"把客厅的火灭掉。"说罢，他坐到妻子屋里的壁炉前的椅子上，说，"她一定把金子给了夏尔那个勾引良家妇女的下流坯！他就眼红咱们的钱。"

葛朗台太太想到威胁着女儿的危险，也出于对女儿的感情，鼓起勇气，绷着冷冷的脸装聋作哑。

"这些我都完全不知道，"她向床里扭过脸去，免得看到丈夫炯炯的目光，回答说，"您这么暴跳如雷，我难受极了，我相信我的预感，看来我只有横着抬出去才能离开这间屋子了。您现在真该饶了我，老爷，我可从来没有让您伤过心，至少我是这样想的。您的女儿是疼您的。我相信像刚出世的孩子一样清白。所以，您别难为她，收回成命吧。天这么冷，您不要弄得她生大病。"

"我不要见她，也不想理她了。就让她在屋里待着，喝水吃面包，直到让她父亲满意为止。活见鬼！做家长的本有权利知道家里的金子到哪里去了。她有的那种卢比，恐怕全法国只有那么几枚，还有热那亚和荷兰的金币。"

"老爷，欧也妮是咱们的独苗，就算她把金子扔进水里……"

"扔进水里？"老头叫起来，"扔进水里！您疯了，葛朗台太太，我说话算数，您知道我的脾气。您要是想求家里太平，您就该让她悔罪，把她的心里话掏出来。女人之间总比我们男人说得通些。她不管做了什么事，我总不能把她吃了。她怕我吗？就算她把堂弟从头到脚都镀满金子，他也已经漂洋过海，咱们也追不上了……"

"那么说，老爷……"葛朗台太太神经过敏，可能因为女儿遭的难使她更心软也更聪明，她的眼力居然发觉丈夫的肉瘤可怕地抽动了一下，所以话到嘴边，改变了主意，但是口气没有变。

"那么说，老爷，我对女儿比您有办法了？她什么都没有跟我说，她像您。"

"天哪！今天你倒是能说会道啊！得，得，得，得！你挖苦我，我有数。也许你早跟她串通好了。"

他盯住妻子看。

"说真的，葛朗台老爷，您要是想逼死我，您就这么说下去好了。我实话告诉您，老爷，哪怕我送掉老命，也要再说一遍：您不该这样对待女儿，她比您讲理，这钱是她的，她不会胡花，只有上帝才知道咱们做了什么好事。老爷，我求求您，饶了欧也妮吧……这样，您发脾气给我造成的惊吓也减轻些，说不定，您就能救我的命。女儿

【延伸思考】【语言描写】要想太平就必须要把实话掏出来，这是多么专制的话啊！说明在这个家里，葛朗台一直居于绝对的领导地位。

【延伸思考】【语言描写】看到妻子不肯听自己的话去问女儿金子的去向，葛朗台非常不满。

呀，老爷，还我女儿吧。"

"我走了，"他说，"这家没法待了。母女俩想的、说的都他妈像……嗬…呸！你们送了我一笔多么残酷的年礼呀，欧也妮！"他喊道，"你哭吧，哭吧！你这样对我早晚会后悔的，你就听着吧。一个月吃两次圣餐管什么用呀？你居然把父亲的钱偷偷送给游手好闲的懒骨头。等你什么都没有，只有把心给他的时候，他会把你的心也一口吞掉的。等着瞧吧！看你那个穿着羊皮靴、目空一切的夏尔究竟有多大的价值。他没有心肝，没有灵魂，因为他居然有胆量拿走一个可怜姑娘的私房钱，而且不经她父母的同意！"

【语言描写】
游手好闲的懒骨头，说的是他自己的亲侄子夏尔，由此可见在他的心里对夏尔是厌恶至极了。

房门一关，欧也妮就走出房间，来到母亲身边。

"您为了女儿，多么勇敢。"她对母亲说。

【语言描写】
欧也妮看到母亲坚决不让女儿委屈，心里对母亲充满了感激。

"看到没有，孩子，违法的事会把咱们拖到哪一步田地！……你都让我撒谎了！"

"哦！我求上帝惩罚我一个人吧。"

"真的吗？"娜农慌慌张张地上来问道，"小姐以后只吃面包、喝清水吗？"

"这有什么了不起，娜农？"欧也妮平静地问。

"啊！小姐都只吃干面包，我还能常吃果酱吗？不行，不行。"

"别提了，娜农。"欧也妮说。

"我就当哑巴，可是你们等着瞧。"

二十四年来，葛朗台第一次独自用餐。

"您变成单身汉了，老爷，"娜农说，"家里有妻子、女儿，却成了单身汉，真不是滋味。"

"我没有跟你说话。管住你的臭嘴，不然我轰你出去。你锅里烧的什么，我听到沸腾的声音了。"

"我在炼脂油……"

"今天晚上有客，客厅生火。"

克吕肖叔侄，德·格拉森母子八点钟上门，都为没有见到葛朗台太太母女俩而惊讶。

"内人①有点不舒服，欧也妮在侍候母亲。"老葡萄园主回答说，脸上没有露出一点破绽。

东一搭、西一句地聊了一个小时之后，德·格拉森太太上楼去看葛朗台太太，下楼时人人都问："葛朗台太太怎么样？"

"不好，不好，"她说，"她的健康状况真让人担心。她这年纪，该多加小心哪，葛朗台老爹。"

"等着瞧吧。"老葡萄园主心不在焉地答道。

客人告辞了。克吕肖叔侄一出门，德·格拉森夫人忙告诉他们："葛朗台家准出事了。母亲很不好，只是她自己还没有想到。女儿眼睛通红，像是哭了好久似的。难道他们逼女儿嫁给什么人不成？"

葡萄园主躺下之后，娜农穿了软底鞋悄悄地走进欧也妮的房间，给她看一块用平底锅做的肉饼。

"瞧，小姐，"好心的佣人说，"高诺瓦叶给了我一只

【语言描写】客人到来，客厅生上火，并且欧也妮母女俩不出席，也被他找到圆满的理由，真是一个圆滑世故、狡猾聪明的人。

【语言描写】德·格拉森太太猜测葛朗台太太母女俩不出席的原因，由此可见，好奇之心人皆有之啊！

---

① 对人称自己的妻子。

野兔。您饭量小，这张肉饼够您吃七八天呢；冻上之后，它不会坏的。至少，您光吃干面包哪里顶得住啊，身体吃不消的。"

"可怜的娜农。"欧也妮握紧了她的手，说。

"我做得可香了，味道很鲜。他一点都不知道。我买了大油、肉桂，全都花我自己的那六法郎；我总可以自己做主吧。"说罢，老妈子仿佛听到葛朗台的响动，便匆匆走了。

几个月中，葡萄园主总是在白天不同的钟点来看望妻子，绝口不提女儿，也不看她，甚至连句涉及她的话也不问一句。葛朗台太太没有下过床，她的病情一天比一天坏。什么都不能软化箍桶匠，他一直像花岗岩①的柱子，纹丝不动，冷冰冰地绷着脸。他还跟往常一样，出门回家，只是说话不再结巴，话也少多了，在生意上显得比过去更刻薄，居然常常在数目上出些差错。

"葛朗台家准出事了。"克吕肖派和格拉森派都这么说。

"葛朗台家能出什么事呢？"这成了索姆城内无论谁家晚上的应酬场合都听得到的一句问话。

欧也妮由娜农领着去教堂望弥撒。走出教堂，要是德·格拉森太太前去搭话，她总是躲躲闪闪，不能让好奇者心满意足。然而两个月之后，欧也妮受拘禁的秘密终于瞒不过克吕肖叔侄三人和德·格拉森太太。到了一定的

---

① 分布最广的深成酸性岩。主要由石英、碱性长石、少量斜长石和深色矿物组成。颜色较浅，以灰白色和肉红色为最常见。

时候，毕竟没有任何借口来为欧也妮总不出面作推托了。后来，也不知道是谁把这秘密泄露了出去，反正全城的人都知道葛朗台小姐从大年初一起就被父亲关在自己的卧室里，没有火取暖，只以清水和面包充饥；还知道娜农为她做了些好吃的东西，半夜给她送去；大家甚至还知道女儿只能趁父亲出门之际过去照看卧床的母亲。

葛朗台的行为于是受到严厉的谴责。全城的人几乎都说他无法无天，他们重提他背信弃义的老账，想到他一桩桩刻薄的行事，大有把他逐出社会之势。他一经过，人们就对他指指戳戳，交头接耳地议论。

当他的女儿由娜农陪着走下曲折的街道到教堂去望弥撒或做晚祷的时候，家家户户都挤到窗口，好奇地打量这富家独生女的举止和面色，居然发现她脸上有一种天使般的忧伤和一种清纯的美。幽禁和失宠没有损伤她丝毫。她不是天天看地图、小凳、花园，还有那一面墙吗？她不是不断回味爱情的吻留在她唇上的甜蜜吗？有好一阵她根本不知道自己已经成了城里人谈话的内容，她的父亲也一样。她笃信上帝，清白无愧，她的良心和爱情帮助她耐心忍受父亲的愤怒和报复。

但是一种深刻的痛苦使其他痛苦都暂时沉默。她的母亲一天不如一天了。多么亲切温柔的人啊，临近坟墓的灵魂在她脸上发出的光辉使她显得美丽。欧也妮常常责备自己无意中使母亲受到这场慢慢地、残酷地吞噬掉她的疾病的折磨。这种悔疚之心，虽经母亲慰藉，仍把她同自己的爱紧紧联系起来。每天早晨，父亲一出门，她就到母亲的床前，娜农把早饭端到那里。但是可怜的欧也妮，为母亲的病状发愁、难过，她默默示意娜农看看母亲的脸色，过后便掩面而泣，不敢提及堂弟。葛朗台太太总是先开口，问："他在哪儿？为什么他不来信？"

母女俩都不知道路程的远近。

"想着他就行了，母亲，"欧也妮回答说，"不要提到他。您病着呢，您比一切都重要。"

这一切就是他。

"孩子们，"葛朗台太太说，"我一辈子没有什么舍不下的。上帝保佑我，让我高高兴兴地面临苦难的尽头。"

这位妇女的话常常是神圣的，显示基督徒的本色。她在床前用早餐的时候，她的丈夫在她房间里踱来踱去，那年的头几个月，她总翻来覆去对丈夫说同样的话，语气虽很亲切温柔，但很坚决，一个女人临近死亡，反倒有了平生所没有的勇气。

"老爷，我感谢您对我的病那么关心，"丈夫无关痛痒地问她近况如何，她总这么回答，"但是您如果真愿意让我不久于人世的最后这些日子少一点烦恼，减轻我的痛苦，您就饶了咱们的女儿吧，表示您是个像样的基督徒、丈夫和父亲。"

一听到这话，葛朗台像看到阵雨将临的行人乖乖在门下避雨似的，坐到床边，一声不吭地听着，不作回答。赶上妻子用最动人、最温柔、最虔诚的话恳求他时，他就说："你今天气色不大好，可怜的太太。"彻底忘掉女儿仿佛已成为一句铭文，刻在他砂岩般的额上，刻在他紧守不动的心上。

"让上帝原谅您吧，老爷，"她说，"就像我原谅您一样。您总有一天需要宽恕的。"

自从他妻子病倒之后，他就不敢再连叫那可怕的"得，得，得，得"了！但是，妻子天使般的温柔并没有感化他咄咄逼人的霸道。

精神的美在老太太的脸上生辉，逐渐驱除了她往日的丑陋。她成了整个心灵的外现。祈祷的法力仿佛使她五官中最粗俗的线条得到净化，变得细腻，而且焕发光彩。谁没有见到过圣徒容貌的这种脱胎换骨的变化？灵魂的习惯最终会战胜最粗糙的外貌，把由崇高思想产生的纯正端庄生动地印在他们的脸上！在这被痛苦煎熬得犹如灯油将尽的女人的身上，看到发生了这样改头换面的变化，依然铁石心肠的老箍桶匠也不免有所触动，虽然效果甚微。他说话不再盛气凌人了，整天寡言少语，以维持家长之尊。

忠于他的娜农一上街买东西，就有人对她含沙射影地插白几句，说说她主人的坏话；虽然舆论一致谴责葛朗台老爹，女佣出于维护东家的面子，总要为东家辩白。

"哎，"她对糟践老头儿的人说，"咱们老了不也都会变得心肠硬吗？为什么你们就不许他心肠硬一点呢？你们趁早别乱嚼舌头。小姐日子过得像王后一样呢。是的，她独自待着，她喜欢清静。再说，东家自有东家的道理。"

终于有一天晚上，那已是暮春将尽的时节，被病魔、更被伤心折磨得日益憔悴的葛朗台太太，尽管苦苦祈祷也没法子让父女俩言归于好，她便把隐痛告诉了克吕肖叔侄。

"罚一个二十三岁的姑娘喝清水、吃面包？"德·蓬丰庭长叫了起来，"而且毫无道理！这已构成故意伤害罪，她可以上告，理由——……"

"行了，侄儿，"公证人说，"丢开你那套法院里的老调调吧。太太，您放心，我让这禁闭明天就取消。"

听到谈论自己，欧也妮走了过来。

"诸位，"她很高傲地一面走一面说，"请你们不要管这件事。我父亲是一家之长。我只要还在这家待着，就得服从他。他的行为用不着旁人赞成或反对，他只对上帝负责。我要求你们以友谊为重，绝口不提这件事。责备我父亲就等于攻击我们自己的尊严。谢谢你们关心我，但是如果你们能制止满城风雨侮辱我们的闲话，我将更感激不尽，那些流言我是偶尔才听说的。"

"她说得对。"葛朗台太太说。

"小姐，制止流言的最好的办法就是还您自由。"老公证人肃然起敬地答道。幽居、悲伤和相思，给欧也妮更增添了美，老公证人看呆了。

"那好，孩子，就麻烦克吕肖先生去处理这件事吧，既然他保证一定成功。他熟悉你父亲的脾气，知道怎么跟他说。要是你愿意我在所剩不多的有生之日见到你过得快活，你和你父亲无论如何得讲和。"

第二天，葛朗台跟自从禁闭欧也妮以来每天必行的那样，到小花园去转上几圈。他总是趁欧也妮梳洗的时候散步。当他走到核桃树下，便躲在树后，久久打量女儿长长的头发，那时他一定在两种精神状态间摇摆：一种是他生性固执的意气，另一种是想亲亲自己的娇儿。他往往坐在那张夏尔和欧也妮曾立下山盟海誓的小木凳上，而那时女儿也偷偷地或者从镜子里望着父亲。如果他站起来继续散步，女儿就有意坐到窗前，开始看那面挂着美丽野花的墙，裂隙处窜出几株仙女梦、碗碗藤，还有一种或黄或白的粗壮的野草，一种在索姆和都尔地区的葡萄园里到处都有的景天蔓。克吕肖公证人来得很早，见老葡萄园主坐在六月艳阳下的小凳上，背靠隔墙，望着女儿。

"有什么能为您效劳的，克吕肖先生？"见到公证人，葛朗台问道。

"我来跟您谈事儿的。"

"啊！啊！您有点儿金子，想跟我换钱？"

"不，不，跟钱没关系，是关于您女儿的事。大家都在议论她和议论您。"

"他们管得着吗？煤黑子在家，大小是个长。"

"对，大小是个长，自寻死路由他，或者，更糟糕的是，往大街上扔钱也由他。"

"这话怎么说？"

"哎，您太太现在病得很厉害，朋友。您该去请贝兰大夫瞧瞧，她有生命危险哪。要是她没有得到应有的治疗，死了您也亏心，我是这么想的。"

"得，得，得，得！您知道我太太是怎么回事。那些个医生哪，只要一上门，一天就起码来五六趟。"

"说到头，葛朗台，您认为怎么合适就怎么办吧。咱们是老朋友了；在索姆城里，没有人比我更关心跟您有关的事儿；所以我得把话说清。现在，种什么瓜结什么果，由您拿主意，您又不是孩子，知道该怎么做。况且我并不是为这事儿来的。有件事对您恐怕更重要得多。说来说去，您总不想要您太太死吧？她对您太有用了。等她一死，您想想您在女儿面前是什么处境。您得给欧也妮报账，因为您跟您太太的财产是合在一起的。您的女儿到那时就有权要求分您的财产，就有权卖掉弗罗阿丰。总而言之，继承她母亲的财产，而您是不能继承的。"这些话犹如晴天霹雳，葛朗台对法律不像对商业那么熟悉。他从来没有想到过共有财产要拍卖的问题。

"所以我劝您对女儿客气些。"克吕肖总结说。

"可是您知道她干了什么事吗，克吕肖？"

"什么？"公证人很想听葛朗台老爹的心腹话，很想知道他们为什么吵架。

"她把金子送人了。"

"那，金子是她的吗？"公证人问。

"你们怎么全都这么说！"老头像演悲剧似的垂下了手臂。

"您为一点微不足道的小事，"克吕肖接着说，"就不

打算让女儿在她母亲死后对您作出让步吗？"

"啊！您把六千法郎的金子叫做微不足道的小事？"

"哎，老朋友，您知道如果欧也妮要求清点和平分母亲的遗产，您得破费多少吗？"

"多少？"

"二十万、三十万、甚至四十万法郎！为了知道共有财产的实际价值，不是就得拍卖吗？可是，如果你爷儿俩好说好商量……"

"奶奶的熊！"葡萄园主叫起来，脸色发白地颓然坐下，"等着瞧吧，克吕肖。"

一阵沉默——或者说，一阵痛苦挣扎——之后，老头儿看着公证人，说：

"生活真叫无情呀！人生充满了痛苦。克吕肖，"他郑重其事地说，"您不骗我吧，给我以名誉起誓，保证您刚才说的都有法律根据。给我看民法，我要看民法！"

"可怜的朋友，"公证人回答说，"我的本行我还不清楚吗？"

"那倒是真的。我要给亲生女儿掠夺一空，给她卖掉、杀掉、吃掉。"

"她只继承她母亲的财产。"

"生儿育女有什么用！啊！我的太太，我是爱她的。幸亏她身子骨结实，到底是拉倍特里埃家的后代。"

"她拖不了一个月了。"

箍桶匠拍拍脑袋，走过去，走过来，狠巴巴地望了克

延伸思考

【语言神态描写】听到公证人说他将会因为妻子的去世带来的经济损失，葛朗台大吃一惊，这段话写出了他心里的难以置信的感觉。

延伸思考

【语言描写】听到自己的亲生女儿要继承母亲的财产，从而使自己的财产减半，葛朗台的愤怒无处发泄。

吕肖一眼，问："怎么办？"

"欧也妮可以无条件放弃继承她母亲的财产。您不想剥夺她的继承权吧，是不是？为了得到这样的结果，您就别亏待她。我这么说其实对我不利。我是干什么的？……干的就是清理呀，造资产清点表呀，拍卖呀，分家呀……"

"等着瞧吧，等着瞧吧。现在不说了，克吕肖。您弄得我翻肠搅肚的。您弄到金子了吗？"

"没有，就有十来枚旧金币，您要，我给您。好朋友，跟欧也妮讲和吧。您看，全索姆都对您扔石子儿呢。"

"混蛋！"

"好，公债已到九十九法郎一股了。人生一世就心满意足这一次吧。"

"九十九法郎吗？克吕肖？"

"没错。"

"哎！哎！九十九！"老头儿把克吕肖送到街门口。刚才这消息高兴得他待不住了，他上楼去看太太，说："太太，你可以跟女儿团聚一整天了。我要去弗罗阿丰。你俩都和气些，今天是咱们的结婚纪念日，我的好太太。你看，这六十法郎给你在圣体节做路祭用的，遂你的心愿了吧！好好玩儿吧，高兴高兴，多多保重。开开心吧！"他扔了十枚六法郎的银币在妻子的床上，又在她头上吻了一下，"好太太，你会起来的，是不是？"

"您心里连亲生女儿都容不下，怎么还能指望在家里接待上帝光临呢。"她动情地说。

延伸思考

【语言描写】无论克吕肖的真实想法是什么，他最终还是说服了葛朗台善待欧也妮，也许这就是他的最终目的吧。

延伸思考

【语言描写】听到克吕肖说公债涨到九十九法郎一股，葛朗台非常兴奋，同时也感到难以置信。

"得，得，得，得，"做父亲的用温柔的口吻说道："这好说！"

"老天开眼呀！欧也妮，"母亲高兴得满脸通红，喊道，"过来亲亲你的父亲，他原谅你了！"

但是，老头儿早已没有踪影了。他一溜烟往乡下的庄园赶去，在路上他想理一理给搅乱的思想。葛朗台那年已七十六岁。主要是最近两年，他的吝啬变本加厉，就像一般人，欲念既久，还膨胀不已。根据有人对守财奴、野心家和死抱住一个念头偏执终身的人所作的观察，发现这些人的感情总是特别倾向珍爱象征他们的痴心追求的某件东西。看到金子和占有金子是葛朗台的癖好。他的专制思想随着他爱财越深而日益膨胀，要他在妻子死后放弃哪怕一小部分财产支配权，他都觉得是一件悖逆天理的事。要向自己的女儿报清财产总账，把动产、不动产一起登记造册，作为不可分割的财产拍卖吗？……"这简直是拧自己的脖子！"他在葡萄园的中央，一面检视葡萄藤，一面高声说道。最后，他打定主意，晚饭时回到索姆，决定向欧也妮屈服，疼爱她，讨好她，为了可以到死都有权操纵手里的几百万家当，堂堂正正地咽下最后一口气。老头儿无意中身上带着万能钥匙，他自己开了大门，蹑手蹑脚地上楼。起先，欧也妮把那只漂亮的梳妆盒拿到母亲的床上，母女俩趁葛朗台不在，端详夏尔的母亲的肖像，很乐意从中找出夏尔的相貌特征。

延伸思考
【正面描写】刻画了葛朗台由于顺风顺水，而拥有越来越多的财产，但是却更加吝啬的性格特点。

延伸思考
【正面描写】这几句话写出了金子在葛朗台心目中占有最重要的地位，甚至超过了他的妻子和女儿。

"这前额和嘴跟他一模一样！"欧也妮正说着，葡萄园主开门进来。看到丈夫两眼盯住盒上的黄金，葛朗台太太吓得嚷道："上帝啊！可怜可怜我们吧！"

老头儿像饿虎扑向熟睡的儿童那样朝梳妆盒扑来。"这是什么？"他一把抢走了宝盒，把它放到窗台上。"真金！是金子！"他叫出声来。"好重的金子！足有两磅。啊！啊！原来夏尔是用这个换走了你的宝贵的金币。嗯！你为什么不早说呀？这交易上算啊，乖孩子！你真是我的女儿，我承认。"欧也妮手脚都在哆嗦。"是不是，这是夏尔的盒子？"老头儿又问。

"是的，父亲，这不是我的，这是一件神圣的寄存品。"

"得！得！得！得！他拿走了你的钱，得补偿你的小金库呀。"

"爸爸……？"

老头儿想去拿把刀子撬下一块金片，他不得不把盒子放在椅子上。欧也妮连忙扑去抢，箍桶匠一直注视着女儿和盒子，伸手猛推一把，使女儿跌到母亲的床上。"老爷，老爷！"母亲坐起来喊道。

葛朗台拔刀出鞘，要撬黄金。

"父亲，"欧也妮大叫，扑通一声跪到地上，而且用跪步扑到老头儿的跟前，举起双手，说，"父亲，看在圣徒们和圣母的面上，看在我这条小命的面上，求您别碰这只盒子！它不属于您也不属于我；它属于一个托我保存的穷亲

延伸思考
【比喻修辞】"饿虎扑食"一词突出了葛朗台扑向梳妆盆时动作非常迅速。

延伸思考
【动作语言描写】看到父亲要毁掉夏尔留给自己唯一的念想，欧也妮急切地恳求父亲不要破坏这个盒子。

戚，我有责任原封不动地还给他。"

"既然是托你保存，你为什么横看竖看？看比碰更进一步。"

"父亲，您别弄坏它，否则我就没脸见人了。父亲，你听见了吗？"

"老爷，行行好吧！"母亲说。

"父亲！"欧也妮大喝一声，声音那么响，吓得娜农赶紧上楼。欧也妮抓起手边的一把刀，用它当武器。

"怎么样？"葛朗台冷笑一声，冷冷地问道。

"老爷，老爷，您要我的命啊！"母亲说。

"父亲，要是您的刀子碰掉哪怕一丁点儿金子，我就用这把刀子捅穿我自己的胸膛。您已经让母亲一病不起，您还要逼死您亲生的女儿。好吧，您如伤了盒子，我就伤害自己。"

葛朗台拿着刀子对准盒子，看看女儿，一时下不了手。

"你真会自杀，欧也妮？"他说道。

"她会的，老爷！"母亲说。

"她说到就会做到，"娜农喊道，"老爷，您一辈子就做一回明白人吧。"箍桶匠看看金子，又看看女儿。葛朗台太太晕过去了。

"哎哟！您看见没有，我的好老爷，太太死过去了。"娜农喊道。

"行了，孩子，咱们不必为一个盒子弄得伤和气，拿去吧，"箍桶匠把梳妆盒往床上一扔，气急败坏地嚷道，

延伸思考
【语言描写】欧也妮看到父亲不肯放下盒子，于是拿起刀子，用自己的身体和生命逼迫父亲放下盒子，可以看出她的勇气非常大。

延伸思考
【语言描写】娜农的随声附和，让葛朗台变得很是犹豫，她的喊声中，我们可以想象得到葛朗台太太因生气着急而昏死过去的情景。

"你，娜农，快去请贝日兰大夫。……好了，母亲，"他吻着妻子的手说道，"没什么，都过去了；我们讲和了。不是吗，乖女儿？不用再吃干面包了，你爱吃什么吃什么吧。啊！她睁开眼睛了，哎，好了，好了，母亲，妈妈，亲娘，嗨，打起精神看呀，我在亲欧也妮。她爱堂弟，只要她愿意，就让她嫁给他好了，让她保存小盒子好了。不过，你得长命百岁，我可怜的太太。哎，动动身子呀！听我说，你会有索姆城空前漂亮的祭坛，在圣体节让他们开开眼。"

"上帝啊，您怎么能这样对待您的妻子和女儿呢！"葛朗台太太有气无力地说。

"以后不会了，不会了，"箍桶匠叫道，"你看吧，可怜的太太。"他到密室去，捧回来一把金路易，撒到床上。"看，欧也妮，看，好太太，这些都给你们，"他一面说着一面摆弄着金路易，"行了，高兴起来吧，好太太；身体好起来吧，你要什么有什么，欧也妮也一样。这一百金路易就是给她的。你不会再送人吧，欧也妮，把这些再送掉，嗯？"

葛朗台太太与女儿面面相觑，惊讶万分。

"拿回去吧，父亲；我们只需要您的心。"

"哎，这就对啦，"说着，他把金路易放进口袋，"咱们就像好朋友一样相处吧。咱们全都到客厅吃晚饭，每天晚上玩两个铜板一次的摸彩游戏。痛快地玩吧！怎么样，好太太？"

"唉！我巴不得呢，既然您都觉得不错，"奄奄一息的妻子说道，"只是我起不了床啊。"

"可怜的妈妈，"箍桶匠说，"你不知道我多爱你。还有你，我的女儿！"他搂住女儿，亲了一亲。"哦！吵过一架之后，亲亲女儿有多好啊！我的乖宝贝！你看，妈妈，咱们现在一条心了。来，抓住这个，"他指指梳妆盒，对欧也妮说，"拿吧，别怕，我再也不提了，永远不说了。"

索姆城里的头号名医贝日兰大夫不久就到了。听诊完毕，他如实地告诉葛朗台，说他妻子病很重，但是，让她心情平静，再加上慢慢调理，细心照料，她可以拖到秋末。

"要花很多钱吧？"老头儿问，"一定要吃药吗？"

"药倒不用多服，但照顾必须周到。"医生不禁一笑，答道。

"嗯，贝日兰大夫，"葛朗台说，"您是有面子的人，是不是？我完全相信您，您认为该来多少次合适，您就尽管来。千万保住我太太的性命，我很爱她，您知道吗？虽然外表上看不出来，因为，我们家，什么事都不外露，弄得我心乱如麻，我伤心哪。打从我兄弟死，伤心就进了我们家，为了兄弟我在巴黎花了多少钱……真是倾家荡产了！这还没完呢。再见！大夫，只要能救我太太的命，您就救救她吧，哪怕要花一、二百法郎呢。"

虽然葛朗台狂热地祝愿妻子早早康复，因为她一死，遗产就得公开，这对他简直等于死；虽然他时时处处对母女俩的任何愿望都赞同，让她们着实受宠若惊；虽然欧也妮对母亲照料得体贴入微，不遗余力，葛朗台太太还是快快地走向死亡。她一天比一天衰弱，一天比一天憔悴，就像大多数这种年纪的女人得了重病一样。她脆弱得像秋天树上的黄叶。上天的光辉照得她焕彩，好比阳光射进树林给黄叶染上金光。这是一种与她的一生相般配的死亡，一种基督徒的死亡，这不叫崇高吗？

一八二二年十月，她的贤德，她的天使般的耐性，以及她对女儿的怜爱，特别光彩夺目；她没有半句怨言，像油尽的灯熄灭了，像洁白无瑕的羔羊，她向天堂走去，在尘世只舍不下一个人，即陪伴她度过凄凉生活的温柔的女儿，她最后看女儿几眼，仿佛预示了她日后的苦命。她把与她一样洁白的小羊单独留在这自私自利的尘世，而人家只贪图女儿的金子，只想榨取女儿的钱，她发抖了。

"孩子，"她在咽气前说道，"幸福只在天上，你将来会知道的。"

母亲死后的第二天，欧也妮有一些新的理由，依恋这所房屋，她在这里出生，在这里经历了多少痛苦，她的母亲又刚在这里去世。看到客厅里的窗户以及窗下那张垫高的坐椅，她总不能不落泪。发觉老父对自己那么温柔体贴，她以为过去错看了老父的心。他来扶她下楼吃饭；他一连几个小时望着她。目光几乎是慈祥的；总之，他像望着一堆金子那样地望着她。

老箍桶匠跟以前大不一样，在女儿的面前哆嗦得很厉害，看到他这种老态，娜农和克吕肖等人都认为这是年龄

延伸思考

【比喻修辞】
"像油尽的灯熄灭了""像洁白无瑕的羔羊"比喻葛朗台太太，突出了她的贤德和善良。

延伸思考

【语言描写】
"幸福只在天上"一句话道出了葛朗台太太心底的无奈、心酸和失望。

所致，甚至担心他的机能也有些衰退。但是，全家服丧的那一天，吃过晚饭之后，唯一知道老头儿秘密的克吕肖公证人也在座，葛朗台的行为也就得到了解释。

"亲爱的孩子，"当饭桌收拾好、门窗关严之后，他对欧也妮说，"你现在继承你母亲的财产了，咱们有点小事得商量着处理处理。是不是，克吕肖？"

"是的。"

"非今天办不可吗，父亲？"

"是呀，乖宝贝。我目前没着没落的事，是经不起拖延的呀。我相信你不想让我难过吧。"

"哦，父亲。"

"哎，那好，就今晚都解决了吧。"

"您要我干什么？"

"这，乖孩子，这可与我无关。您跟她说吧，克吕肖。"

"小姐，令尊既不愿意分家，也不愿意变卖产业，更不愿意因为有了现款而付大笔所得税。为此，就需要免除为今天跟令尊所共有的未分的全部财产清点造册的手续……"

"克吕肖，您非这样对孩子说不可吗？"

"让我说下去，葛朗台。"

"好，好，朋友。您也好，我的女儿也好，都不想刮我的皮的，是不是，乖女儿？"

"可是，克吕肖先生，我该做什么？"欧也妮不耐烦

延伸思考
【语言描写】
在妻子去世之后的第二天，葛朗台就迫不及待的想要跟女儿谈谈，让她放弃跟自己争财产。

延伸思考
【语言描写】
明明就是他的主意，却要将克吕肖推出来做挡箭牌，真是一个虚伪至极的人。

了，问道。

"哎，这样，"公证人说，"得在这张文书上签名，声明放弃您对令堂的继承权，把您跟令尊共有的全部财产的使用得益权，交给令尊，而他将保证您享有所有权……"

"我完全听不懂您说的话，"欧也妮回答说，"把文书拿来，告诉我在哪里签名。"

葛朗台老爹看看文书，又看看女儿，看看女儿，又看看文书，感到强烈的激动，擦了擦脑门上冒出来的汗。

"乖宝贝，"他说，"这张文书送去备案①要花好多钱。要是你愿意无条件地放弃对你可怜的母亲的承继权，把你的前途完全托付给我，那你就不必签字，这样对我更好。我每月就给你一大笔钱，一百法郎。这样，你爱给谁做多少次弥撒都付得起了……嗯！一百法郎一个月，怎么样？"

"我随您的意思，父亲。"

"小姐，"公证人说，"我有责任提醒您，这样您就一无所有了……"

"嗨！上帝啊，"她说，"那有什么关系！"

"别说了，克吕肖。一言为定，一言为定，"葛朗台握住女儿的手，一面拍着一面喊道，"欧也妮，你决不会反悔的，是不是，你是个说一是一的姑娘，嗯？"

"哦！父亲……"

他热烈地吻她，把她搂得紧紧的，让她透不过气来。

"好了，孩子，你给了你爹一条命；不过，你这是把

---

① 向主管机关报告事由存案以备查考。

延伸思考
【动作描写】
看了又看，看了又看，刻画了葛朗台听女儿说要签字时难以置信的样子，写出了他激动的心情。

延伸思考
【语言描写】
看到欧也妮丝毫不在意的要在文书上签字，克吕肖提醒她可能会一无所有，说明他的良心还没有完全泯灭。

我给你的还给我罢了：咱们两清。这才叫公平交易。人生就是一笔交易。我祝福你！你是一个贤德的好姑娘，孝顺爸爸的好女儿。你现在想干什么就干什么吧。从明天起，克吕肖，"他望着吓呆了的公证人说，"您多费心让法院书记员准备一份放弃承继权的文书①。"

第二天中午，欧也妮签署了自动弃权的声明。然而，尽管老箍桶匠信誓旦旦，可是直到年终，不要说每月一百法郎，就连一个铜板都没有给过。所以，当欧也妮说笑时提到这件事，他能不脸红吗？他连忙上楼，到密室里捧回大约三分之一从侄儿手里拿来的首饰。

"给你，小东西，"他语带讽刺地说，"你要把这些算作是给你的一千二百法郎？"

"哦，父亲！你当真把这些都给我？"

"我明年再给你这么多，"他把首饰倒进她的围裙，"这样，不用多久，他的首饰就全到你的手里了。"他搓着手，为自己有办法利用女儿的感情占便宜而洋洋自得。

然而，老头儿虽然身板还硬朗，也感到需要让女儿学点持家的诀窍了。接连两年，他让欧也妮当着他的面吩咐家常菜单，结收债款。他慢慢地、逐步地告诉她葡萄园和农庄的名字和经营内容。到第三年，他已经让女儿习惯他的全部理财方法，他让这些方法深入到女儿的内心，成为她的习惯，他总算可以不必担心地把伙食库的钥匙交到她

延伸思考

【语言描写】尽管欧也妮答应了要签署放弃继承财产的文书，葛朗台还是不放心，叮嘱克吕肖赶紧准备文书，写出了他害怕欧也妮变卦而心里惶恐不安。

延伸思考

【概括描写】这段话说明葛朗台有意识地训练欧也妮学习各种掌家本领，并让她知道自己家的财产都有哪些，为欧也妮以后的生活打下了坚实的基础。

① 指公文、书信、契约等。

的手里，让她正式当家。

五年过去了，欧也妮和她父亲单调的生活没有什么值得一提。总是那些同样的事情，总是像老座钟那样一丝不苟地及时完成。葛朗台小姐内心的愁闷对谁都不成其为秘密；但如果说人人都感觉到这愁闷的原因的话，她本人却从来没有说过一句，以证实索姆城上上下下有关这位富家独女心境的猜测不是捕风捉影。跟她做伴的，只有克吕肖叔侄三人，以及他们无意中带来的亲朋好友。他们教会她玩英国流行的一种纸牌，而且天天晚上玩一局。

一八二七年那一年，她的父亲感到了衰老的分量，不得不向她面授有关田产的机宜，并对她说，遇到难题，可以找克吕肖公证人商量，他的忠实，老头儿是领教过的。后来，到那一年的年底，老头儿终于在八十二岁高龄，患了瘫痪，而且病情很快恶化。贝日兰大夫下了不治的诊断。欧也妮想到自己不久将孤单地活在世上，跟父亲也就更亲近了，她把这亲情的最后一环抓得更紧。在她的思想中，跟所有动了情的女人一样，爱情就是整个世界，而夏尔不在身边，她就倾心照料服侍老父。老父的机能开始衰退，只有吝啬依然凭本能支撑着，与他的死同他的生并不形成对比。

一清早，他就让人用轮椅把他推到卧室的壁炉和密室的房门之间，室里当然堆满金银。他在那里一动不动地待着，但他不放心地一会儿望望包了铁皮的门，一会儿又望望前来探视他的人。有一点响动，他就要问出了什么事；让公证人吃惊的是，他居然听得见狗在院子里打哈欠。表面上他浑浑噩噩，可是一到该收租的日子，他总能按时清醒过来，跟管葡萄园的人算账，或者出具收据。他拨动轮椅，一直把轮椅转到面对密室铁门的地方。他让女儿把门打开，监督她亲手把钱袋秘密地堆好，把门关严。等女儿把珍贵的钥匙交还给他之后，他立即不声不响地回到平常待的老地方。那把钥匙他总是放在坎肩的口袋里，还不时地伸手摸摸。他的老朋友克吕肖公证人感到，倘若夏尔·葛朗台回不来，那么这财主的女继承人就非嫁给他的当庭长的侄子不可，所以他对老头儿加倍体贴殷勤：他天天来听候葛朗台的差遣，受命去弗罗阿丰，去各地的田庄、草场、葡萄园办事，出售收成，再把一切收入转换成金子、银子，由老头儿把这些金银币装成一袋一袋，堆放在那间密室。

　　临终的日子终于到了，那几天老头儿结实的身架同毁灭着实做了一番较量。他要坐到壁炉边正对着密室房门的那个地方去。他把身上的毯子拉过来，紧紧地裹住自己，还对娜农说："抓紧，抓紧了，别让人偷走我的东西。"他的全部生命退居到他的那双眼睛里去了，等他一有力气睁开眼睛，便把眼珠转向密室房门，那里面藏着他的金银财宝。他问女儿："它们还在吗？还在吗？"那声调透出一种惊恐万状的焦虑。

"在，父亲。"

"看住金子，去拿一些来，放在我面前。"

欧也妮在桌上放开几枚金路易，老头儿就像刚学会看的孩子傻盯着同一件东西，定睛看那几枚金路易，一看就是几个小时；他也像孩子一样，不时地露出一个吃力的微笑。

"这东西暖我的心窝。"他喃喃说道，偶尔脸上还露出一种无比舒坦的表情。

当本堂神甫来给他做临终圣事的时候，他那双显然已经死去几个小时的眼睛，一见银制的十字架、烛台和圣水壶，忽然复活，目不转睛地盯住这些圣器，鼻子上的那颗肉瘤也最后地动了一动。当教士把镀金的受难十字架送到他的唇边，让他吻吻上面的基督时，他做了一个吓人的动作，想把它抓过来，而这最后的努力耗尽了他的生命；他叫欧也妮，尽管她就跪在他的床前，他却看不见。欧也妮的眼泪淋湿了他已经冷却的手。

"父亲，您要祝福我吗？"她问。

"万事要多操心，以后到那里向我交账。"他用这最后一句遗言证明基督教应该是守财奴的宗教。

从此，欧也妮·葛朗台在这世上、在这所房屋里就孤身一人了。只有娜农，她只要使一个眼色，娜农一定能心领神会；只有娜农，才是为疼她而疼她，她内心的苦楚也只能向娜农倾诉。对于欧也妮来说，大高个娜农是天赐的

保护神，所以她不再是老妈子，而是一位谦卑的朋友。

父亲死后，欧也妮从克吕肖公证人那里得知，她在索姆地区的地产，年收入三十万法郎；有六十法郎一股买进的利率三百的公债六百万，现在一股卖到七十七法郎；还有二百万法郎的黄金和十万法郎现款，还不算其他零星收入。她的财产总计大约达到一千七百万法郎。

"我的堂弟在哪里呀？"她默念道。

克吕肖公证人把已经算得一清二楚的遗产报表送来的那天，欧也妮和娜农两人各据一方坐在客厅的壁炉两边，如今空荡的客厅中什么东西都成了纪念品，从母亲当年坐的那张加脚垫的椅子到堂弟喝过酒的那只玻璃杯。

"娜农，就剩下咱俩了……"

"是啊，小姐；也不知道他在哪里，那个小白脸儿，要不然我走着也要找他去。"

"隔着大海呢，"她说。

这阴冷灰暗的房子就是这可怜的女继承人的整个世界；正当她同娜农在这里相对饮泣的时候，从南特到奥尔良，无人不在谈论葛朗台小姐的一千七百万法郎的家产。

她签发的第一批文书中，就有给娜农的一笔一千二百法郎的终身年金。原先已有六百法郎年金的娜农顿时成了有钱的攀亲目标。不出一月，她从老姑娘变成新媳妇，嫁给了被任命为葛朗台小姐田产庄园总看守的安托万·高诺瓦叶。高诺瓦叶太太比起当时的一般妇女来，有一个了不起的长处。她虽然已经五十九岁，但看上去不超过四十。粗糙的轮廓经得起岁月的攻击。多亏长期过着修道院式的生活，她面色红润，身子骨像铁打的，衰老对她无可奈何。也许她从来没有像结婚的那天那样漂亮过。她占了长得丑的便宜，显得粗犷、肥硕、结实，毫不见老的脸上自有一股春风得意的神气，有些人甚至眼红高诺瓦叶的艳福。

"她气色多好，"布店老板说，"她能生一群儿女呢。"

贩盐的商人说："说句您不见怪的话，她像是盐缸里腌过的，保鲜。"

"她有钱，高诺瓦叶这小子算是娶着了。"另一个邻居说。

在邻里中人缘极好的娜农，从老屋出来，走下曲折的街道，到教堂去举行婚礼，一路上受到人们的祝贺。欧也妮送她三套十二件的餐具作为贺礼。高诺瓦叶没有料到女主人如此大方，一提到她不由得热泪满眶：说为她丢脑袋也甘心。

成为欧也妮的贴心人的高诺瓦叶太太还有一件跟她找到如意郎君一样称心的乐事：她终于可以像已故的东家那样掌管伙食库的钥匙和早晨调配口粮了。其次，手下还有两个佣人，一个是厨娘，另一个的职司①是收拾屋子、缝缝补补和给小姐做衣裳。高诺瓦叶兼当看守和管家。不用说，娜农挑选来的那个厨娘和女佣都是名符其实的"珍

延伸思考

【语言描写】这句话虽然很粗糙，但是话糙理不糙，用人们生活中的常识，说明娜农保养得很好。

延伸思考

【正侧结合】正面写了给娜农的嫁妆很多，并通过娜农丈夫的反应，说明欧也妮的慷慨大方。

① 职掌；职务。

品"。这样，葛朗台小姐就有四个忠心耿耿的佣人。

佃户们倒觉察不出老东家死后有什么两样，他生前早已严格建立一套管理的例行章程，现在由高诺瓦叶夫妇继续遵照执行。

名|家|点|评

> 葛朗台在得知女儿将金子送给夏尔之后，对她进行了严厉的惩罚，这导致葛朗台太太不幸离世。年迈的葛朗台最终也去世了，留给欧也妮巨额财产。即使他再吝啬也不能带走一分钱，真是可悲啊！

拓展训练

1. 葛朗台发现女儿的金子没了，是怎么惩罚她的？

2. 为了给女儿解除惩罚，葛朗台太太做了怎样的努力？

3. 葛朗台在各地的总财产一共有多少？

第六章　人生的悲剧

名家导读

　　欧也妮继承了葛朗台的巨额财产，提高娜农的待遇，细心的打理着一切，苦苦等待着夏尔的归来。可是夏尔到底身在何方？他回来了吗？

延伸思考

【引起下文】这句话概括了欧也妮的现状，说明她是一个很不幸的人，引出下文对她不幸生活的阐述。

延伸思考

【解释说明】欧也妮和夏尔之间的故事并没有太多的复杂的事情，欧也妮将心迷失在了他的身上，突出了她的单纯和善良。

　　到三十岁，欧也妮还没有尝到过一点人生的乐趣。她的凄凉惨淡的童年是在一个得不到理解、老受欺侮、始终苦闷的母亲的身旁度过的。这位母亲在高高兴兴离世之时为女儿还得活下去而难过，她给欧也妮留下了些许的负疚和永远的遗恨。欧也妮第一次也是仅有的一次恋爱是她郁郁不欢的根源。她只草草地观察了情人几天，便在两次偷偷的接吻之间，把心给了他；然后，他就走了，把整个世界置于他俩之间。这段被父亲诅咒的恋情，几乎要了她母亲的性命，只给她带来了夹杂着淡淡希望的痛苦。所以，她耗尽心力扑向幸福，迄今却得不到补偿。

　　精神生活和肉体生活一样，也有呼气、吸气：一个灵魂需要吸收另一个灵魂的感情，需要把这些感情化作自己的感情，然后再把这些变得更丰富的感情，送还给另一个灵魂。没这美妙的人际现象，也就没有心灵的生机；那时心灵由于缺少空气，就会难受，就会衰萎。欧也妮开始难受了。在她眼里，财富既不是一种势力，也不是一种安慰；她只能依靠爱情、依靠宗教、依靠对未来的信念才能活命。爱情给她解释永恒。她的心和福音书都告诉她：以后有两个世界需要期待。她日夜沉浸在两种无穷的思想之中，对于她来说，这也许是合二而一的。她退居到自己的内心，她爱别人，也自以为别人爱她。七年来，她的热情向一切渗透。她钟爱的财宝不是收益日增的几百万家当，而是夏尔的那只盒子，是挂在床头的那两幅肖像，是从父亲那里赎来的那些首饰，她把它们像样地摊在一块棉垫子上，放在柜子的抽屉里；此外，还有婶婶的那个顶针，以前母亲用过，现在她虔诚地、像珀涅奥珀做着活计等待丈夫归来那样，戴着那个顶针绣花，这仅仅是为了要把这件充满回忆的金器套在她的手指上。

看来葛朗台小姐决不会在服丧期间结婚。她出于真心的虔诚是众所周知的。所以，克吕肖一家在老神甫高明的指挥下只用无微不至的照顾来包围有钱的女继承人。

每天晚上，她家的客厅里高朋满座，都是当地最狂热、最忠诚的克吕肖派，他们用各种调门拼命地向女主人唱赞歌。她有随从御医①、大司祭②、内廷侍从、梳妆贵嫔、

① 内廷供奉的医生。
② 正教教士神职在中国的译称。介于主教与铺祭（执事）之间，行圣体血礼的主要主持人。

延伸思考
【对比手法】在人们眼中最终的金钱财富，在欧也妮的眼里还不如爱情重要，写出了她对金钱名利的淡薄，和对爱情的追求。

延伸思考
【概括说明】欧也妮最钟爱的是夏尔留给她的东西，说明在她的心里依然想着夏尔，情深不变。

首相，尤其还有枢密大臣①，一位无所不言的枢密大臣。倘若她要一名替她提裙边的跟班，他们也会给她找来的。成了女王，所有的女王得到的谄媚，都不如她得到的那样丰富而巧妙。谄媚从来不会出自伟大的心灵，它是小人的伎俩，他们都缩身有术，能钻进他们所趋附的那个人的要害部位，谄媚还意味着利益。所以那些天天晚上挤在葛朗台小姐客厅里的人，才能围着她转，称她为德·弗罗阿丰小姐，而且有办法用美妙绝伦的赞词把她捧上天。这些众口一词的恭维，欧也妮听了觉得很新鲜，起初她还脸红，后来不知不觉地，她的耳朵习惯于听人家夸她美，尽管有些奉承话说得太露骨，她也不觉得刺耳；倘若有哪位初来乍到的人觉得她难看，她对这样的非议就不会像八年前那样不在乎了。后来她终于爱听她在对偶像膜拜时私下说的那类甜言蜜语了。就这样，她逐渐习惯于被人捧为女王，习惯于看到她的宫廷里天天晚上朝臣如潮。德·蓬丰庭长是这个小圈子里的头牌明星，他的机智，他的人品，他的教养，他的斯文，在这小圈子里受到不断的赞扬。有人说，七年来，他的财产很见涨，蓬丰庄园至少有一万法郎年收入，而且跟克吕肖家的所有产业一样，都被葛朗台小姐大得没边的产业围住了。

"您知道吗，小姐？"一位常客说道，"克吕肖家有四万法郎的年收入。"

"不消算积蓄呢。"一位克吕肖派的老党羽、德·格里

延伸思考
【正面描写】
描写了人们对欧也妮众星捧月般的情景，刻画了人们对有钱人阿谀奉承的嘴脸。

延伸思考
【正面描写】
这句话概括了德·蓬丰庭长的性格特点：头脑灵活、机智聪慧，斯文有教养，得到了众人的称赞。

---

① 某些资本主义国家内阁阁员之一。

博古小姐接茬说道。

"最近有位巴黎先生来找克吕肖，愿意把自己的事务所以二十万法郎的价钱让给他，因为如果他能当上调解法庭的法官，他就得卖掉事务所。"

"他想接替德·蓬丰先生当庭长呢，先做些铺垫，"德·奥松瓦尔太太说，"因为庭长先生要当法院推事了，然后再做重工业院院长。他的门路多，早晚达到目的。"

"是啊，他真是个人才。"另一位说。

"您说呢，小姐？"庭长先生竭力把自己打扮得跟他想充当的角色般配。虽然年过四十，虽然他那张紫膛皮色、令人生厌的面孔，像所有吃司法饭的人的尊容一样干瘪，他却打扮得像个小伙子，耍弄着藤杖，在德·弗罗阿丰小姐家不吸一点鼻烟，来的时候总戴着白领带，穿一件前胸打宽裥的衬衣，那神气就像"火鸡的同族"。他跟美丽的女继承人说话的口气很亲密："我们亲爱的欧也妮！"总之，除了客人比过去多，除了摸彩换成打英国牌，除了没有葛朗台夫妇二位的尊容，客厅里的场面跟我们故事开始时的昔日，几乎别无二致。猎狗们总是追逐欧也妮和她的百万家当；不过今天的猎狗数量增多了，叫得也更好听了，而且是同心合力地围住了猎物。要是夏尔从印度忽然回来，他会发现还是同一批人在追求同样的利益。德·格拉森太太认为欧也妮的人品和心眼都是十全十美的，她一直跟克吕肖叔侄过不去。可是，跟过去一样，欧也妮仍然是这个场面的主角；也跟过去一样，夏尔还是这里的人上

【语言描写】通过德·奥松瓦尔太太的话说明社会上的一种现象：钱权交易的普遍性。

【比喻修辞】将追求者比喻成猎狗，将欧也妮比喻成猎物，说明美好的爱情已经因为金钱完全变了味道。

人。不过，毕竟有些进步，从前庭长只在欧也妮过生日和命名日才给她送鲜花，高诺瓦叶太太有心当着大家的面把它插进花瓶，等客人一走又偷偷地扔到院子的角落里去。开春的时候，德·格拉森太太有意搅乱克吕肖叔侄的美梦，跟欧也妮提起德·弗罗阿丰侯爵，说倘若欧也妮肯通过婚约把侯爵的地产归还给他的话，他就可以重振家业。德·格拉森太太把贵族门第、侯爵夫人的头衔叫得震天响，而且，由于把欧也妮轻蔑的一笑当成赞同的表示，她到处扬言，说庭长先生的婚事不见得像有人想象的那样进展顺利。

"虽然弗罗阿丰先生五十岁了，"她说，"可是看上去不比克吕肖先生老气；不错，他妻子死了，留下一堆孩子，但他毕竟是侯爵，早晚是法兰西贵族院议员，眼下这个年月，找得着这种档次的人家攀亲吗？我确实知道，葛朗台老爹当年把他的全部产业都归并到弗罗阿丰，就有把自己的家族嫁接到弗罗阿丰家谱上去的打算，这话他常常对我说的。他的心眼儿灵着呢，这老头儿。"

"怎么，娜农，"欧也妮有一天晚上临睡时说，"他七年当中连一封信也不来？……"

正当这些事情在索姆发生的时候，夏尔在印度发了财。先是他带去的那批货卖得很顺利。他很快就积攒到六千美元。赤道的洗礼使他丢弃许多成见；他发现，在热带地区和欧洲一样，致富的捷径是买卖人口。于是他到非洲海岸，做贩卖黑人的生意，同时贩运最有利可图的商

延伸思考
【语言描写】通过欧也妮的话，说明葛朗台早就打算通过商业上的变化与侯爵产生联系，头脑精明着呢！

延伸思考
【概括描写】这里讲的是夏尔在印度的发展，他采取了最快的发财途径，贩卖人口，这时候他的品质已经开始发生变化了。

品，到为了求利而去的各类市场上做交易。他在生意场上进行的活动，不给他留下一点空闲，唯一的念头是发笔大财，回到巴黎去显耀显耀，同时攫取一个比落魄前更光彩的地位。

在人堆里混久了，世面见得多了，又见识了相反的风俗，他的思想逐渐改变，终于变得怀疑一切。看到同一件事在这个地方被说成犯罪，在那个地方又被看作美德，于是他对是非曲直再没有定见。不断地追逐利润，他的心冷了、收缩了、干枯了。葛朗台家的血统没有在他身上失传。夏尔变得狠毒、贪婪。他贩卖中国人、黑人、燕窝、儿童、吹鼓手；他大放高利贷①。惯于在关税上做手脚使他对人权也不放在眼里。他到圣托马斯贱价买进海盗的赃物，运到缺货的地方去出售。

延伸思考
【正面描写】夏尔贩卖人口，偷税漏税，贩卖赃物，从事各种不正当的营生，善良的本质已经向道德败坏发展。

初出门时，欧也妮高贵纯洁的形象，像西班牙水手供在船上的圣母像一样，伴随他在世道上奔波；他曾把生意上最初的成功，归功于这温柔的姑娘祝福和祈祷产生的法力；后来黑种女人、黑白混血女人、白种女人、爪哇女人、埃及舞女，他跟各色人种的女人花天酒地胡混，在不少国家有过放纵的艳遇之后，对于堂姐、索姆、旧屋、小凳以及在楼梯下过道里的亲吻的回忆，给抹得一干二净。他只记得破墙围着的花园，因为那是他冒险生涯开始的地方；但是他否认这是他的家：伯父只是一条骗取他首饰的老狗；欧也妮在他的心里、在他的思念里都不占地位，她

延伸思考
【比喻修辞】在夏尔的心目中，他就是一条老狗，表达出他对葛朗台的厌恶和痛恨。

---

① 索取特别高额利息的贷款。

只作为曾借他六千法郎的债主，在他的生意中占一席之地。这种行径和这些思想说明了夏尔·葛朗台杳无音信的缘由。在印度、在圣托马斯、在非洲沿海、在里斯本、在美国，这位投机商为了不牵连本姓，起了一个假姓名，叫卡尔·西弗尔。这样，他可以毫无危险地到处出没了，不知疲倦、胆大妄为、贪得无厌，成为一个决心不择手段发财、早日结束漂泊生涯、以便后半世做个正人君子的人。由于这一套做法，他很快发了大财。

一八二七年，他搭乘一家保王党商社的华丽的双桅帆船"玛丽·卡罗琳"号，回到波尔多。他有三大桶箍得严严实实的金末子，价值一百九十万法郎。他打算到巴黎换成金币，再赚七八百的利息。

同船有位慈祥的老人，是查理十世陛下的内廷侍从，德·奥布里翁先生。他当年一时糊涂娶了个交际界芳名显赫的女子，然而他的产业在西印度群岛。为了弥补太太的挥霍，他到那里去变卖产业，德·奥布里翁夫妇的祖上是旧世家德·奥布里翁·德比什，这一世家的最后一位都尉[①]早在一七八九年以前就死了。如今德·奥布里翁先生一年只有两万法郎左右的进账，膝下偏偏还有一个相当难看的女儿。由于他们的财产仅够他们在巴黎的生活，所以做母亲的想不给陪嫁。社交界的人都认为，任凭女界名流有天大的本领，这种打算的成功希望恐怕极为渺茫。连德·奥布里翁太太本人看到女儿也几乎感到绝望，无论是谁，哪

① 官名。比将军略低的武官。

【概括介绍】
夏尔在很多地方做生意，投机倒把、胆大妄为，但是他给自己起了假名字，说明这个人头脑灵活，非常狡诈。

【数字说明】
一百九十万法郎，这个数字说明夏尔此时拥有了很大一笔财产，从一无所有到有这样一笔财产，夏尔还是非常能干的。

延伸思考

延伸思考

怕是想当贵族迷了心窍的人，恐怕也不甘背上这个碍眼的包袱。德·奥布里翁小姐腰身细长像只蜻蜓；骨瘦如柴、弱不禁风，嘴唇轻蔑地撇着，上面挂着一条太长太大的鼻子，鼻尖却很肥大，平时鼻子蜡黄，饭后却变得通红，这种类似植物变色的现象，出现在一张苍白而无聊的面孔的中央，显得格外讨嫌。总之，她的长相……一个三十八九岁的母亲，倘若风韵犹存而且还有点野心的话，倒巴不得有这样一个女儿在身边守着。但是，为了补救那些缺陷，德·奥布里翁侯爵夫人教会女儿一种非常高雅的风度，让她遵循一种卫生的方法，使鼻子暂时维持一种合理的皮色，还教会她打扮得不俗气，给她传授一些漂亮的举止和顾盼含愁的眼神，让男人看了动心，甚至以为遇到了无处寻觅的天仙；还给女儿示范，教她在鼻子放肆地红起来的时候，及时地把脚伸向前面，让人家鉴赏它们的小巧玲珑；总之，她把女儿调教得相当有成绩。用肥大的袖子和束得很紧的腰身，她居然制造出了一些很耐人寻味的女性特征，真该把这些产品陈列在博物馆里供母亲们参考。

夏尔很巴结德·奥布里翁太太，她也正好想跟他套套近乎。好几个人甚至扬言，说漂亮的德·奥布里翁太太在船上的那些日子里不遗余力地钓上了金龟女婿。

一八二七年六月在波尔多下船后，德·奥布里翁夫妇和女儿跟夏尔在同一家旅馆下榻，又一起动身去巴黎。德·奥布里翁的宅第早已抵押出去，夏尔要设法赎回来，岳母已经声称她乐于把底下的一层让女儿女婿居住。她

【肖像描写】腰细的像蜻蜓，骨瘦如柴，苍白的脸上又大又长的鼻子还会变色，突出了德·奥布里翁小姐丑陋的外貌。

【概括总结】这句话起到了总结的作用，能够将如此丑陋的女儿打扮成风度优雅、看起来耐人寻味的女子，可见这位母亲是非常出色的人，对于孩子的爱非常深厚。

166

倒不像德·奥布里翁先生那样有门户之见，她已经对夏尔·葛朗台许愿，要为他奏请仁慈的查理十世，谕准夏尔·葛朗台改姓德·奥布里翁，并享用侯爵家的爵徽，而且只要在奥布里翁弄到一块价值三万六千法郎的世袭领地，夏尔就可以承袭德·比会都尉和德·奥布里翁侯爵的双重头衔。两家的财产合在一起，彼此和睦相处，再加上宫迁闲差的俸禄，德·奥布里翁府一年也可以有十几万法郎的收入。

"有了十万法郎的年收入，又有贵族的头衔和门第，出入宫廷，因为我会设法给您弄一个内廷侍从的职衔的，那时，您想做什么就能做了，"她对夏尔说，"您可以当行政法院审查官、当省长、当大使馆①秘书、当大使，由你挑。查理十世对德·奥布里翁恩宠有加，他们从小就认识。"

野心勃勃的夏尔经这女人一再点拨，竟飘飘然起来。巧妙的手把这些希望送到他的眼前，而且是用将心比心的体己话的，所以他在船上就憧憬自己的前程。他以为父亲的事情早已由伯父了结，觉得自己已经平步青云地闯进了人人都想进入的圣日耳曼区，靠玛蒂尔德小姐的蓝鼻子的福佑，像当年德吕一家摇身一变成为布雷泽侯爵府一样，他也将以德·奥布里翁伯爵②的身份衣锦荣归。

他出国时王政复辟还没有站住脚跟，如今却繁荣得令

① 外交使节在所驻国家的办公机关。
② 欧洲爵位名。位在侯爵与子爵之间。

人眼花缭乱，想到当贵族何等光彩，他在船上开始的醉意一直维持到巴黎。他横下一条心，为了把他自私的岳母已经让他看到一些眉目的高官厚禄弄到手，他决定不择手段。在这个光辉灿烂的远景中，他的堂姐只不过是小小的一点。他又见到了阿内特，以社交女流之见，阿内特力劝老朋友攀这门亲，并答应支持他的一切野心活动。阿内特乐得让夏尔娶一个既丑又可厌的小姐，因为在印度闯荡这几年，把夏尔锻炼得很有诱惑力。他的皮色晒黑了，举止变得坚决而大胆，跟那些习惯于决断、做主和成功的人一样，看到自己可以在巴黎当个角色，夏尔觉得巴黎的空气呼吸起来都比以前痛快。

【正面描写】阿内特直言不讳地支持夏尔接受这门亲事，暗示在社会上，爱情都被金钱改变了原有的美好。

德·格拉森听说他已回国，并且就要结婚，还发了财，便来看他，想告诉他再付三十万法郎便可以了结他父亲的债务。他见夏尔正在跟珠宝商会谈，得知夏尔向珠宝商定了批首饰作为给德·奥布里翁小姐的聘礼，珠宝商于是给他拿来了首饰的图样。虽然夏尔从印度带回了富丽的钻石，但是钻石的镶工，新夫妇要置备的银器和金银珠宝的大小件首饰，还得花费二十多万法郎。夏尔接待了德·格拉森，他不记得他是何许人，那态度跟时髦青年一样蛮横，毕竟他在印度跟人家决斗过几次，打死过四名对手。德·格拉森已经来过三次，夏尔冷冰冰地听他说，然后，他并没有完全弄清事情的原委，就回答说："我父亲的事不是我的事。多承您费心，我很感激，只是无法领情。我汗流浃背挣来的两百来万，不是准备用来甩到我父亲的

【数字说明】决斗过几次，还打死过四个人，这些说明夏尔在印度生活很艰难，生活的磨难养成了他蛮横暴力的性格。

债主们的头上的。"

"要是几天之内有人宣告令尊破产呢？"

"先生，几天之内，我将是德·奥布里翁伯爵。您弄明白了，这件事将与我完全无关。再说，您比我清楚，一个有十万法郎收入的人，他的父亲决不会破产。"说着，他客气地把德·格拉森爵爷推到门口。

那一年的八月初，欧也妮坐在那张曾与堂弟海誓山盟的小凳上，每逢晴天，她总来这里吃饭的。那天秋高气爽，阳光明媚，可怜的姑娘不禁把自己的爱情史上的大小往事以及随之而来的种种灾祸一件件在回忆中重温。太阳照着那面到处开裂几乎要倒塌的美丽的院墙。虽然高诺瓦叶一再跟他的女人说，这墙早晚要压着什么人的，可是想入非非的女东家就是禁止别人去翻修。这时邮差敲门，递给高诺瓦叶太太一封信。她赶紧给主人送来，说："是您天天等的那封信吗？"

这话在院子和花园间的墙壁中振荡，更强烈地响在欧也妮的心中。

"巴黎！……是他。他回来了。"

欧也妮脸色发白，拿着信愣了一会儿。她心跳得太厉害，简直不能拆阅。大高个娜农站着不动，两手叉腰，快乐从她晒黑的脸上的沟沟缝缝里，像烟一样冒出来。

"看信哪，小姐……"

"啊！娜农，他是从索姆走的，为什么回到巴黎呢？"

"看了信，您就知道了。"

【语言描写】在这段话里，夏尔声称自己父亲的欠债与自己毫无关系，并且对自己的未来充满希望，一个十足的野心家形象暴露在我们面前。

延伸思考

【神态描写】脸色发白，心跳的厉害，突出了欧也妮看到来自巴黎的信时内心的激动。

欧也妮哆嗦着拆信，里面掉出一张汇票①，在索姆的德·格拉森太太与科雷合办的银号取款。娜农捡了起来。

亲爱的堂姐……

"不叫我欧也妮了！"她想，心头一阵发紧。

您……

"他以前对我是称你的！"

她合抱着手臂，不敢往下看，大颗眼泪涌了上来。

"他死了？"娜农问。

"那就不会写这封信。"欧也妮说。

她读的全信如下：

亲爱的堂姐，您若知道我事业成功，相信您一定会高兴的。托您的福，我发了财，回来了。我遵从伯父的指点。他和伯母的去世，我刚由德·格拉森先生那里得知。父母去世是回归自然，我们理应承继他们。我希望您现在已经节哀。什么都无法抗拒时间，我深有体会。是的，亲爱的堂姐，对于我来说，不幸的是，幻梦时节已经过去。有什么办法！在走南闯北、各地谋生时，我对人生做了反复思考。远行时我还是孩子，归来时我已成大人。今天我想到许多过去不曾想过的事。您是自由的，堂姐，我也还是自由的；表面上，没有任何牵制会妨碍咱们实现当初小小的计划；但是我生性太坦诚，无法向您隐瞒我目前的处境。我没有忘记我不属于我自己；我在漫长的旅程中始终记得那条木板小凳……

延伸思考

【心理描写】
仅仅只是看了信的一个开头，欧也妮就敏感的意识到了夏尔的改变，表达出她内心的细腻。

延伸思考

【直接引用】
通过引用夏尔的信，说明夏尔已经从一个单纯的养尊处优的青年男子，变成了一个贪慕虚荣的人。

① 银行或邮局承办汇兑业务时发给的支取汇款的票据。

欧也妮好像身子底下碰到了燃烧的炭，直跳起来，坐到院子里石阶上去。

……那条木板小凳，咱们坐着发誓永远相爱，我还记得那过道，那灰色的客厅，阁楼上我的卧室，以及您出于细心的关怀，这些回忆支持了我，我常想，在我们约定的那个钟点，您一定像我常常想念您那样也在想念我。您在九点钟看天上浮云了吗？看了，是不是？所以，我想辜负对我来说是神圣的友谊；不，我不应该欺骗您。堂姐，有一门亲事完全符合我对婚姻的理想。在婚姻中，爱情只是虚幻。今天，经验告诉我，结婚必须服从一切社会法则和迎合一切世道所主张的习俗。咱们之间，先是有年龄的差别，将来对您或许比我影响更大，且不说您的生活、教养和习惯同巴黎的生活完全不适应，也跟我今后的抱负显然格格不入。我的计划之一是要维持一个场面显赫的家，接待许多宾客，记得您却喜欢过一种温馨安静的生活。不，下面我要说得更坦白些，请您对我的处境作出仲裁；您也应该知道这些，您有权利作出判断。如今我一年有八万法郎的收入，这笔财产使我能与德·奥布里翁家攀亲，若与他们家的十九岁独生女结婚，她可以给我带来姓氏、爵衔、内廷侍从的职称以及声望显赫的地位。我实言相告，堂姐，我根本不爱德·奥布里翁小姐；但是，同她结婚，我就能保证我的儿女将享有一个社会地位，这对将来，好处多得无法计算：如今王权思想一天比一天更吃香，几年后，等我的儿子成为德·奥布里翁侯爵，拥有年收入四万法郎

延伸思考
【直接引用】
夏尔认为：爱情在婚姻中只是虚幻的。权力、欲望、金钱已经打败了爱情的纯洁和甜美。

延伸思考
【直接引用】
夏尔很直白地告诉欧也妮，跟德·奥布里翁家攀亲，可以给自己带来金钱、权力和荣誉，这才是他背叛欧也妮最根本的原因所在。

的长子继承产业，他就可以在政府里得到称心的官职。我们应为儿子尽责。堂姐，您看，我是多么坦诚地向您陈述我的心情、我的希望和我的财产状况。七年的离别，您可能已忘却咱们当年的幼稚行为；可是我却没有忘记您的宽宏，也没有忘记我的诺言，每句话我都记得，甚至最不经意说出的话我都没有遗忘，换一个不像我这样认真、不像我这样童心未泯、心地正直的年轻人，恐怕早已置诸脑后了。我之所以告诉您我现在想缔结世俗婚姻，是为了把我自己完全交付给您，听候您的发落，由您来为我的命运做主，但我对少年时咱们相爱的往事从未忘怀，您如认为我必须抛弃我对社会的野心，那我就心甘情愿地满足于那种朴素而纯洁的幸福，您已经让我领受过那种幸福的情景，确是很感人肺腑的……"

您忠实的堂弟

夏尔

夏尔·葛朗台嘴里哼着轻歌剧的曲调，得意地签署了自己的名字。

"天杀的！这叫耍手段。"他自言自语说。找到汇票之后，他又在信下注上一笔：

又及：附上汇票一张，请向德·格拉森银行照兑八千法郎，用黄金支付，这是您慷慨借给我的六千法郎的本利。另有几件礼物因装在托运的箱子里，尚未从波尔多到达，待运到后奉上，以表示我对您的永远的感激。至于承您保管的梳妆盒，请交驿站邮寄至巴黎伊勒兰——贝尔坦街

延伸思考

【直接引用】夏尔故作坦诚地向欧也妮陈述自己变节的原因，还把自己标榜的非常痴情，真是一个虚伪至极的人。

延伸思考

【神态描写】哼着小曲，得意洋洋地签下自己的名字，刻画出了夏尔自私自利，毫无廉耻之心的嘴脸。

德·奥布里翁府收。

"交驿站邮寄！"欧也妮说，"我为这件东西都甘心千刀万剐，竟要我交驿站邮寄！"

可怕呀，好比天塌地陷！船沉了，在希望的茫茫大海上没有留下一截绳索、一块木板。有些女人发觉自己被遗弃，会把心上人从情敌的手中夺回来，把情敌杀死，逃往天涯海角，上断头台，或者自进坟墓。这当然很壮烈；这种罪行的动机出自崇高激情，人性的法庭无从回避。另有一些妇女却低头默忍，逐渐消沉，她们逆来顺受，以泪洗面，在宽恕、祈祷和回忆中度过残生，直到咽下最后一口气。这就是爱情，真正的爱情，天使的爱情，在痛苦中生、在痛苦中死的高傲的爱情。欧也妮读了那封令人战栗的可怕的信之后，就产生这样的感情。她抬眼望望苍天，想到了母亲最后的遗言；像有些垂死的人一样，母亲把前途看得很透很清。接着，欧也妮想起母亲的死和先知般的一生，便转瞬领悟到自己整个的命运。她只有展翼飞向苍天，以祈祷了却自己的残生，直到解脱。

"被母亲说中了，"她哭着自语道，"受苦，直到死。"

她缓步从花园走进客厅。她一反平时的习惯，避开过道；但她在这灰色的客厅里仍见到了保留堂弟回忆的东西，壁炉架上仍放着小碟子，她每天早餐时总要用到它，还有那只赛夫勒古窑的瓷糖缸。那天上午对她真是重要至极，发生了多少大事！娜农通报教区神甫来访，他是克吕肖的亲戚，关心德·蓬丰庭长的利益。几天前，克吕肖

延伸思考
【正面描写】
天塌地陷、船沉了，形容欧也妮读完信之后的感觉，说明她的心里遭到了莫大的打击。

延伸思考
【侧面描写】
通过写欧也妮刻意的躲避，却依旧看到了和夏尔有关的东西，说明这么多年来夏尔已经深深的刻在了她的心中。

延伸思考

【侧面描写】通过本堂神甫来这件事情，可以看出欧也妮平时一直在做慈善事业，宅心仁厚。

老神甫要他纯粹从宗教意义上跟葛朗台小姐谈谈结婚的义务。欧也妮见本堂神甫，还以为他来收每月布施给穷人的一千法郎，所以叫娜农去拿钱；本堂神甫笑了：

"小姐，今天我来跟您谈一位索姆全城关心的姑娘，可怜她不知爱惜自己，没有按基督教的生活。"

"上帝啊！神甫先生，您来的这会儿我实在无法想到左邻右舍，我正自顾不暇呢。我非常不幸，只有教堂才是我躲避灾难的场所；教堂有宽大的胸怀，容得下我们的全部痛苦，有丰富的感情，供我们汲取而不必担心汲尽。"

"哎，小姐，我们关心那位姑娘，也就关心您。请听我说。如果您想使自己的灵魂得救，有两条道路可供选择：要么出家，要么遵循世俗法则。服从您天国的命运或者服从您尘世的命运。"

"啊！您恰好在我想听取指教的时候来指教我。是的，是上帝差您来的，先生。我要告别尘世，在沉默和隐居中只为上帝了此残生。"

延伸思考

【语言描写】夏尔的来信让欧也妮心灰意冷，找不到生活的方向，这句话将她的迷惑和失望表达了出来。

"孩子，您要下这么激烈的决心，必须作长久的思考。结婚是生，出家等于死。"

"死就死，马上死才好呢，神甫先生。"她激动得让人害怕。

"死？但是您对社会有不少重大的义务还没有尽到呢，小姐。您难道不是那些穷孩子们的慈母吗？冬天，您给他们御寒的衣裳和取暖的木柴，夏天您给他们工作。您的家产是一笔应该偿还的债款，您神圣地接受了这笔

家产。躲进修道院未免太自私；终身做老姑娘又实在不应该。首先，您能单独管理这么大的家产吗？您也许会败掉的。

说不定您会遇到打不完的官司，您会被无法解决的困难弄得焦头烂额。相信您的引路人的话吧：丈夫对您有用，您应当保全上帝的恩赐。我是把您当听话的小羊才跟您说这番话的。您爱上帝爱得这样真诚，不能不在俗世修得灵魂永生，因为您是俗世最美的一种点缀，您为俗世作出圣洁的榜样。"

正说着，忽然仆人通报德·格拉森夫人来访。她来是出于报复心和极度的绝望。

"小姐，"她说，"啊！本堂神甫先生也在。那我就不说了。我本来是跟您说事儿的，显然你们在作重要的谈话。"

"太太，"本堂神甫说，"你们谈吧，我告辞了。"

"哦！神甫先生，"欧也妮说，"您过一会儿再来？眼下我很需要您的支持。"

"啊，可怜的孩子，"德·格拉森太太说。

"您的意思是……？"葛朗台小姐和神甫齐声问道。

"难道您不知道您的堂弟已经回国而且要跟德·奥布里翁小姐结婚吗？……女人决不会这么糊涂。"

欧也妮涨红了脸，一声不吭，但她打定主意学父亲的样，不动声色。

"哎，太太，"她以嘲弄的口吻说道，"我倒说不定很糊涂呢。我听不懂您的话，请您当着神甫先生面说说吧，您知道他是我的心灵导师。"

"那好，小姐，这是德·格拉森给我的来信，您看看吧。"

欧也妮看到信上这样写道：

贤妻如晤：夏尔·葛朗台从印度归来，抵巴黎已一月……

"竟有一个月了。"她想道，不禁垂下握信的手。停了一会儿，她又往下看：

……我白跑两次，才见到这位未来的德·奥布里翁子爵①。虽然满城风雨在议论他们的婚事，教堂也贴出了他们将行婚礼的预告……

"那么，他写信给我的时候一切都已经……"欧也妮不敢想下去，也没有像巴黎女子那样骂一声"臭无赖！"但是，虽没有表示出来，她内心的蔑视却是不折不扣的。

……这桩婚事其实还渺茫：侯爵决不会把女儿嫁给一个破了产的人的儿子。我特意告诉他，他的伯父和我如何费尽心机料理他父亲的后事，又如何巧使手段稳住债权人直到今天。不料这混小子竟有脸对为他的利益和名誉日夜操了整整五年的心的我，回答说他父亲的事不是他的事。一般诉讼代理人真有权按债款总数的十分之一，向他索取三四万法郎的酬金。不过，且慢，从法律上说，他还欠债主一百六十万法郎呢，我要让债权人宣告他父亲破产。我

① 欧洲爵位名。位在伯爵与男爵之间。

当初接手此事，只凭葛朗台那条老鳄鱼的一句话，而且我已代表葛朗台家族，向债权人许下不少愿。德·奥布里翁子爵固然不在乎自己的名誉，我对自己的名誉却是十分看重的。所以我要向债权人解释自己的立场。但是，我对欧也妮小姐敬重至极，在当初两家相处甚笃的时候，甚至有过向她提亲的想法，所以我不能在行动之前不让你先跟她打声招呼⋯⋯

读到这里，欧也妮不往下读了，冷冷地把信交还给德·格拉森太太："谢谢您，"她说，"这好说⋯⋯"

"您这会儿不仅说的话而且连声调都跟您已故的父亲一模一样，"德·格拉森太太说。

"太太，您要给我们八千一百法郎的金子呢。"娜农说。

"不错，劳驾跟我走一趟吧，高诺瓦叶太太。"

"神甫先生，"欧也妮正要表达的想法，使她的镇静格外高贵，她问，"婚后保持童贞算不算罪过？"

"这是一个认识问题，我还不知道如何解答。倘若您想知道鼎鼎大名的神学家桑切斯在他的《论婚姻》中是如何说的，我可以在明天告诉您。"

神甫走后，葛朗台小姐上楼到她父亲的密室独坐了一整天，吃晚饭时，不顾娜农一再催促，她都不肯下楼。直到晚上常客们登门的时候，她才露面。葛朗台家的客厅从来没有今晚这样高朋满座，夏尔回国以及他愚蠢地变心的消息很快传遍了全城。但是，尽管来客们细心观察，他们的好奇心却得不到满足。对早有所料的欧也妮，虽然内心

延伸思考
【引用】德·格拉森故意在信中，提及自己对欧也妮的尊重，来表示自己对她的忠心，用我们的话来说，这就是典型的拍马屁啦！

延伸思考
【场景描写】夏尔变心的消息传遍了全城，这让太多的人跑到葛朗台家来探听消息，写出了人们好奇的心理。

沸腾着惨痛之情，脸上却镇静自如，没有泄露半点。她终于学会用礼貌的面纱遮掩自己的凄苦。九点钟光景，牌局结束，加入聊天的圈子。就在客人们起身告辞准备走出客厅的时候，发生了一桩惊动索姆全区、传遍周围四省的戏剧性事件。

"请先别走，庭长先生。"见德·蓬丰先生起身拿手杖，欧也妮说。

听到这话，人数众多的客人个个都不禁一怔。庭长脸色发白，只好坐下。

"几百万家当归庭长了。"德·格里博古小姐说。

"明摆着，德·蓬丰庭长要同葛朗台小姐结婚了。"德·奥松瓦尔太太叫起来。

"这才是牌局里最妙的一着呢。"神甫说。

"赢了个大满贯。"公证人说。

各有各的说法，人人妙语双关，看到继承人像登上宝座的活神仙，高踞于百万家私之上，九年前开演的大戏今天才有结局。当着全索姆人的面，单单叫庭长留下，这等于宣告要嫁给庭长吗？在严格讲究体统的小城市里，这类出格的举动就是最庄严的许诺。

"庭长先生，"欧也妮在客人散尽之后，声音激动地说，"我知道您看中我什么。您得发誓，只要我活着，您得让我有行动的自由，永远不跟我提婚姻给您什么权利之类的话。您答应这一点，我才嫁给您。哦！"看到他跪了下来，欧也妮又说道："我的话还没有说完。我不应该瞒着

延伸思考
【语言描写】很简单的一句话写出了众人的心思，他们看到的不是婚姻的幸福，而是万贯家财的归属，这才是人们最关心的地方啊。

延伸思考
【设问修辞】通过这一问一答，暗示人们这么多年来一直关注的事情终于要有个结果了，欧也妮真的会选择庭长吗？

您。我心里有一种感情是消灭不了的。我能给予丈夫的只有友谊：我不想伤害丈夫的感情，也不肯违背我的心愿。但是，您若帮我这么一个大忙，您就能得到我的婚约和我的财产。"

"您知道，为您我什么都干。"庭长说。

"这儿有一百五十万法郎，庭长先生，"她从怀里掏出法兰西银行的一百股的股票①，"您去一趟巴黎，不是明天，也不是今天夜里，而是现在就动身。去找德·格拉森先生，把我叔叔的全部债权人的名单弄来，然后召集他们，把我叔叔遗下的债务，按五百计息，从借债之日到偿清之日足算，把本金和利息全部还清，最后，要他们立一张总收据，经过公证，手续必须齐备。您是法官，我把这件事只托付给您一个人办。您是个仗义的、讲交情的人，我将凭您的一句话，在您的姓氏的庇护下，度过人生的艰险，咱们以后相互宽容。您和我们相识多年，关系跟亲戚差不多，您不会让我受苦吧？"

庭长扑倒在万贯家财的女继承人脚前，又高兴又难受，激动得哆嗦不已。

"我当您的奴隶②！"他说。

"您收据拿到之后，先生，"她冷眼看他一下，说，"您就把收据和全部债据交给我的堂弟，另外再把这封信也交给他。等您一回来，我就履行诺言。"

延伸思考

【语言描写】夏尔的背叛，欧也妮并没有对他报复，反而用自己的财产替他还清债务，她这种以德报怨的行为，表达出欧也妮的仁慈。

延伸思考

【动作描写】"扑倒""哆嗦不已"刻画出了庭长多年的愿望终于实现时的激动样子。

---

① 用来表示股份的证券。
② 为奴隶主劳动而没有人身自由的人，常常被奴隶主任意买卖或杀害。

庭长知道，他是从一场失恋中得到葛朗台小姐的，所以他尽快完成使命，以免夜长梦多，不让情侣有空言归于好。

德·蓬丰先生一走，欧也妮便倒在椅子里哭成一团。一切都完了。庭长登上驿车，明晚就可以到达巴黎。第二天一早，他便去见德·格拉森先生。法官召集债权人到存放债券的公证人的事务所碰头，居然没有一位不来。尽管这都是些债主，不过说句公道话，他们都到得很准时。德·蓬丰庭长代表欧也妮小姐把所欠本金和利息全部还清。照付利息一事在巴黎商界成为轰动一时的美谈。收据签署登记之后，庭长又根据欧也妮的吩咐，送了五万法郎给德·格拉森，算是酬谢他多年的费心。最后庭长登上德·奥布里翁府邸，那时夏尔正被岳父说了一顿，心情沉重地回到自己的房间。老侯爵刚才跟他把话挑明：只有等到纪尧姆·葛朗台的债务全部偿清之后，他才能把女儿嫁给他。

庭长转交给夏尔如下的信：

堂弟大鉴：兹托德·蓬丰先生转交叔父债务已全部偿清的收据，以及我已收到您归还我全部垫款的收据，请查收。我已听到破产的传闻……我想，破产者的儿子或许不能娶德·奥布里翁小姐。是的，堂弟，您对我的思想和举止的评述，确有见地：我无疑不具备上流社会所需一切，我既不会打上流社会的算盘，也不懂上流社会的风俗，无法

延伸思考
【动作描写】做出了出嫁和帮助夏尔的决定之后，欧也妮终于哭了，宣泄着内心的痛苦，多么善良的姑娘啊！

延伸思考
【正面描写】老侯爵决定，如果不能将债务还清，就不能让女儿嫁给夏尔。说明在婚姻中金钱占着至关重要的位置。

181

给您以您所期待的乐趣。您为了社会约定俗成的规矩，牺牲了咱们的初恋，但愿您称心如意，为了成全您的幸福，我所能做的，莫过于献上您父亲的声誉。再见，您的堂姐永远是您的忠实的朋友。

欧也妮

野心家从庭长手里接过正式文件，情不自禁地叫出声来。庭长莞尔一笑。

"咱们可以相互宣告喜讯了。"他说。

"啊！您要同欧也妮结婚？好啊，我很高兴，她是好人。但是，"他突然心头一亮，问道，"她很有钱吧？"

"四天以前，"庭长话里带刺地答道，"她的财产大约一千九百万；可如今只有一千七百万了。"

夏尔一听怔住了，望着庭长。

"一千七……百万……"

"一千七百万，是的，先生。葛朗台小姐和我，结婚之后，合在一起一年总共有七十五万法郎的收入。"

"亲爱的姐夫，"夏尔的心情稍为平复了些，说，"咱们今后可以相互提携了。"

"一言为定！"庭长说，"还有，有一只盒子也是非当面交给您不可的。"说着，他把梳妆盒放到桌上。

"哎！亲爱的，"德·奥布里翁侯爵夫人进来，没有注意到克吕肖，"刚才可怜虫德·奥布里翁公爵先生跟您说的话，您可别往心里去，他是给德·希里奥公爵夫人迷昏了头。我再说一遍，什么也挡不住您的婚事……"

"是挡不住的，太太，"夏尔回答说，"我父亲以前欠下的四百万的债款，昨天已全部还清。"

"现款？"

"连本带息，分文不欠。我就要为父亲恢复名誉。"

"您太傻了！"岳母叫起来。"这位先生是谁？"她忽然看到克吕肖，便凑到女婿耳边问道。

"我的经纪人。"他低声回答。

侯爵夫人傲慢地向德·蓬丰先生打了个招呼，出去了。

"咱们已经相互提携了，"庭长拿起帽子，说道，"再见，我的内弟。"

"他取笑我呢，这只索姆的臭八哥。我恨不能一剑戳进他的肚子。"

【心理描写】
看到庭长故意揶揄嘲弄自己，夏尔心里非常气愤和恼怒。

庭长走了。三天后，德·蓬丰回到索姆，公布了他与欧也妮的婚事。半年之后也当上了安茹法院推事。离开索姆前，欧也妮把珍藏多年的首饰，再加上堂弟还他的八千法郎的黄金，统统回炉，做成一只纯金圣体盒，送给教区教堂，她在那里曾经为他向上帝祷告过多少次呀！她在安茹和索姆两地轮着住。她的丈夫对某次政局的变化出了大力，从而当上高等法院的庭长，几年后又晋升为院长。他耐着性子等待大选，好在国会占有一席。他已经眼红贵族院的席位了，到那时……

【正面描写】
由于和欧也妮的婚姻，庭长的仕途也变得一帆风顺，暗示了金钱在仕途中的重要性。

"到那时他好跟国王称兄道弟了，"娜农说。大高个娜农，高诺瓦叶太太，索姆城里的中产阶级，听到女东家跟她说到他日后的显赫，不禁冒出了这么一句大实话。然而，德·蓬丰院长先生（他最终已取消祖姓）的满腹抱负，并未实现。在当上代表索姆的国会议员之后，仅仅一

延伸思考

【直接引用】
在这里，通过引用欧也妮夫妇制定的条款，说明庭长这个人是一个工于算计，并且很严谨的人。

星期，他就死了。天网恢恢，明察秋毫的上帝从不罚及无辜，这次无疑是惩罚他太工于算计，钻了法律的空子。在订婚约的过程中，由克吕肖参谋，条文订得极为细致："倘若无儿女，则夫妇双方的财产，包括动产与不动产，毫无例外，均不予保留，悉数以互赠形式合在一起；如一方去世，免除遗产登记手续，因为只有免除该手续才不致损害继承人或权益持有者，须知该财产互赠实为……"这一条款足可解释为什么院长始终尊重德·蓬丰夫人的意志与之独居。女人们把院长说成最善解人意的男子汉，同情他，而且往往谴责欧也妮的痛苦和痴情。女人们要是议论哪个女人的短长，照例总是最刻毒的。

延伸思考

【语言描写】
众人议论纷纷，做出各种各样的猜测，表达出人们十足的好奇心，也反映了她们心中的羡慕和嫉妒。

"德·蓬丰太太准是病得很厉害，不然怎么能让丈夫独居呢？可怜的女人！她会很快治好吗？她到底什么病？胃溃疡还是癌症？她为什么不去看医生？她的脸色发黄好久了；该去请教巴黎的名医。她怎么不想要孩子呢？据说她很爱她的丈夫，那么，像他那样的地位，她怎么能不给他生个继承家业的后代呢？难道您不知道这事太可怕了吗？要是她只是任性才那样，真是罪过了，可怜的院长！"

一般独居的人通过长期的沉思默想，通过对周围事物的细致入微的观察，会增长敏锐的心眼儿，欧也妮不仅长了这样的心眼儿，再加上她遭遇不幸，又有了最后的识破，早已把一切看得很透。她知道庭长巴不得她早死，好独占那巨大的家产；上帝更心血来潮地凑趣，把庭长的两位当公证人和当神甫的叔叔召上了天国，他们的家产因继承而更多了。欧也妮只觉得庭长可怜，他尊重欧也妮怀抱的无望的痴情，并把这看作最牢靠的保证，因为倘若生下儿女，院长自私的希望和野心勃勃的快乐不就完蛋了吗？老天爷惩罚了他的算计和无情，替欧也妮报了仇。上帝把大把大把的黄金扔给了被黄金束缚住手脚的女囚徒，而她对黄金视若粪土，一心向往天国，怀着神圣的思想，过着虔诚和悲天悯人的日子，不断地暗中接济穷人。

德·蓬丰太太三十三岁时成了寡妇，年收入高达八十万法郎，依然很有风韵，那是四十上下女子的美。她的脸色洁白、悠闲、安详。她的声音甜美而沉着，她的举止朴实。她具有被痛苦造就的一切高贵的气质和从未被尘世玷污过自己灵魂的那种人的圣洁思想，不过她也有老处女的刻板和内地狭隘生活养成的小气的习惯。虽然一年有八十万法郎的收入，她却始终过着可怜的欧也妮·葛朗台当年过的俭朴生活，非到以前父亲允许客厅生火的日子她才生火，而且熄火的日子也严格按照她年轻时父亲立下的老规矩。她始终穿得跟她母亲当年一样。索姆的那幢旧宅，没有阳光、没有温暖、始终阴暗而凄凉的房屋，就是她一生的写照。她精打细算地积攒一年年的收入，倘若没有仗义疏财的善举，她真有点像恶意中伤者流言所说的过于吝啬了。但是一个个虔诚的慈善机构，一所养老院，几所教会小学，一座藏书丰富的图书馆，每年都给责备她爱财的某些人提出有力的反证。索姆的几座教堂靠她的捐助进行了装修。德·蓬丰太太——有人挖苦地称她为小姐，受到一般人宗教般的敬仰。这颗高贵的心只为脉脉温情而跳动，却不得不屈从人间利益的盘算。金钱用它冰冷的颜色沾染了她超脱的生活，并使这位充满感情的女子对感情产生戒心。

延伸思考
【正面描写】这段话从收入、脸色、声音和行为举止等方面，刻画了欧也妮高贵的气质和独特的风韵。

延伸思考
【侧面描写】慈善机构、养老院、儿童教会、图书馆，这么多的地方都得到了欧也妮的捐助，表达出她的慷慨大方。

"只有你爱我。"她对娜农说。

这位女士的手包扎过多少家庭的隐蔽的伤口啊。欧也妮在数不尽善举义行的伴随下走向天国。她的心灵的伟大使得她所受教育的卑微和早年习气的狭隘都显得不足挂齿。这就是欧也妮的故事，她在世俗之中却不属于世俗，她是天生的贤妻良母却没有丈夫、没有儿女、没有家庭。近来，人们又在向她提亲。索姆人密切关注着她和德·弗罗阿丰侯爵先生，因为德·弗罗阿丰一家人又像当年克吕肖家的人一样开始包围这位有钱的寡妇。据说娜农和高诺瓦叶居然是护着侯爵的，这真是无稽之谈。不论娜农还是高诺瓦叶，他们都没有足够的聪明，能看透这世道的败坏。

延伸思考

【点明主旨】通过写娜农夫妇俩不能看到世道的本质，暗示了社会上依然存在着太多的黑暗。

名家点评

欧也妮帮助夏尔还清债务，夏尔如愿以偿。庭长也终于娶得了欧也妮做他的"妻子"，从此仕途一路顺风。可惜的是他想要继承欧也妮财产的打算没有实现，再现了人与人之间赤裸裸的金钱关系。欧也妮用自己的钱回报社会，为社会为国家奉献自己的一点力量。

拓展训练

1. 欧也妮最终嫁给了谁？

2. 夏尔所背负的债务，是谁帮他还清的？

3. 夏尔背叛了自己纯洁的爱情，最终如愿以偿了吗？